NACH DEM WINTER

KATHARINA REGER

NACH DEM WINTER

Bibliografische Information der Deutschen Nationalbibliothek:
Die Deutsche Nationalbibliothek verzeichnet
diese Publikation in der Deutschen Nationalbibliografie;
detaillierte bibliografische Daten sind im Internet
über dnb.dnb.de abrufbar.

Herstellung und Verlag:
BoD – Books on Demand, Norderstedt

ISBN 9783746098920

Inhalt

Ein sonderbarer Gast

Die Lande sind erfüllt von der angenehmen Stille des Winters. In der Ferne wirken die Berge wie große Riesen. Sie sind gehüllt in weiße Gewänder aus Schnee. Die verschneiten Gipfel der Berge glänzen in der morgendlichen Sonne wie golden. Einzelne Schneeflocken fallen vom Himmel herab. Es ist, als ob jede dieser Flocken einen leisen Ton mit sich bringt. Nach und nach legt sich über das Land eine sanfte Melodie. Eine Schar Krähen fliegt vorüber.

Die Sonne schickt ihre wärmenden Strahlen hier in die Niederungen der Talsenke und der Schnee glitzert bunt in allen Farben. Ein Gebirgsbach plätschert die Hänge hinab und formt an seinen Ufern kleine Kreaturen aus Eis. Die winterliche Luft ist beißend kalt. Hie und da spitzt ein leuchtend hellgrüner Grashalm aus dem Schnee. Im Tal ziehen zwei Wichte ihre Schlitten. Sie suchen nach Kleingetier, wie Enten, Rebhühnern und Kaninchen, die in ihre Fallen gegangen sind.

»Du sollst nicht trödeln!«, schimpft der größere Wicht.

Die Wichte frösteln sehr. Der Atem friert an ihren Bärten fest, so kalt ist es. Die Wichte haben dicke Mäntel an, rote Mützen auf und tragen Schneeschuhe aus Seegras und Ästen geflochten. Mit den Schneeschuhen stapfen sie knirschenden Schrittes über einen gefrorenen Teich. Der große Wicht sägt in die Eisdecke des Teiches ein Loch. In das Loch gibt er getrocknete Würmer an Schnüren befestigt. Er setzt sich in den Schnee und wartet auf den ersten großen Fisch am Angelhaken.

»He! Deine Angelschnur wackelt!«, freut sich der kleine Wicht.

Vorsichtig zieht der große Wicht an der Angelschnur. Ein kräftiger Widerstand zerrt gegen das Ziehen. Abrupt lässt es los, das kräftige Ziehen an der Schnur. Der Wicht plumpst auf seinen Hintern und hinterlässt einen ulkigen Abdruck im Schnee. Der Abdruck sieht aus wie ein dicker, kleiner Engel.

»Das war kein gewöhnlicher Fisch!« Der kleine Wicht streicht sich über den Bart, an den kleine Eiszapfen gefroren sind.

»Das Ungetüm ist mir entwischt! Das Zerren an der Schnur war viel zu kräftig für einen Fisch. Das Tier hatte mindestens die Kraft eines Seehundes!«, rümpft der große Wicht die Nase.

Unter der Eisdecke sucht sich das fischige Tier einen Weg durch einzelne Eisschollen, die im eiskalten Wasser taumeln.

»Hast du das Tier gesehen? Es hat sich wieder losgerissen!«, meint der große Wicht.

»Lass uns gehen, mir ist kalt!« Der kleine Wicht reibt sich die Hände.

Ein Eichhörnchen springt zwischen den von Schnee verstaubten Baumkronen umher. Mit jedem seiner Sprünge schüttelt es Schnee vom Baum. Das Eichhörnchen scharrt im Schnee und verschwindet in einer Mulde. Sein buschiges rotes Schwänzchen ist kaum zu sehen. Aus der Mulde heraus springt das Eichhörnchen an einen Ast und knabbert an einer Nuss.

»Wir müssen in die Siedlung!« Der große Wicht zupft an seinem Mantel.

»In die Siedlung?«, fragt der kleine Wicht.

Die Wichte packen ihre Schlitten und ziehen los, zurück in ihre Siedlung, die weit hinter den Bergen liegt. Ein Sturm braut sich zusammen. Die Wolken am Himmel quellen zu grauen, flauschigen Bauschen auf und werfen ein bewegtes Schattenspiel an den Schnee. Ein glitzernder Schleier aus Eis zieht durch das Unterholz und nimmt die Sicht auf die Schattenwesen. Von überall her zieht der Wind aus Nischen und Verästelungen ein eigenartiges Sausen, wie Pfeifen. Das sausende Windgetöse wirbelt in die mit Schnee beladenen Bäume und ein Schneegestöber tanzt über die weiten, weißen Felder. Ein neuer Klang klingt klein und Äste knacken. Schwere, satte Flocken schneien jetzt unentwegt und bündeln sich mit dem kalten Wind zu einem dichten und undurchdringlichen Sturm aus Schnee und Eis. Zwischen den weitläufigen, starken Armen eines Wurzelstockes im Geröll vor der Waldlichtung suchen die zwei kleinen Wichte Schutz vor dem Sturm.

Der kleine Wicht zieht seine Mütze tief ins Gesicht. Der tosende Wind pfeift ihm schrill um die Ohren und züngelt zu ihm hin wie eine Katze, die mit ihren Pranken in ein Mäuseloch tastet, um die Maus zu fassen. Endlich legt der Sturm sich und die Wichte kriechen aus ihrem Versteck hervor, klopfen den Schnee von ihren Mänteln.

» Bei dem Tage meines alten Bartes! Der Himmel war so dunkel, als wäre es fast Nacht!«, stammelt der große Wicht.

Die Wichte packen ihre Sachen und gehen ihrer Wege, dahin, woher sie am frühen Morgen gekommen waren. Hier im Wald wollen sie nicht länger bleiben.

Die kalten Tage des Winters sind gezählt. Es wird Frühling. Drei sehr große Frauen schreiten aus den Bergen. Sie tragen Trachten und bunte Kopftücher. Die Frauen blicken gebannt in den Schnee, der in bizarren Formen schrumpft. Ihre hilflosen, stummen Blicke zeigen, sie haben keine Macht über dieses Tun, das die Natur hier bietet. Die Blicke der Frauen sind müde. Mit Rasseln, Stöcken und geschnitzten

Fratzen machen sie viel Krach, um den Winter zu verscheu-
chen. Sie wecken den Wald aus dem Winterschlaf. Von den
Bäumen fallen matschige, schmelzende Tautropfen, die im
Echo des Waldes einer nach dem anderen leise klingen. Die
Frauen streifen ihre mit bunten Blumen bedruckten Kopf-
tücher ab und werfen sie in den weißen Schnee.

»Ihr Blumen, löst euch aus den Tüchern! Bringt den
Frühling«, spricht eine der Frauen mit sanfter Stimme.

Im Schnee leuchten die bunten Blumen der Tücher kräf-
tig in verschiedensten Farben, wie rot, violett, grün und gelb.
Ein eigenwilliger Zauber aus Funken sammelt sich über den
Tüchern. Die Funken sprühen, bilden einen Kreis, der sanft
zerstäubt und auf den Boden sinkt, dort wo die Tücher sind.
Aus den Tüchern lösen sich die Farben und sickern in den
weißen Schnee. So weit das Auge reicht, sprießen bunte
Flecken aus dem Schnee. Wie ein weißes Taschentuch, das
die bunte Tinte saugt, so saugt der Schnee die Farben der
Tücher.

Der Schnee füllt sich nach und nach mit den bunten
Farben. Aus den bunten Flecken winden und drehen sich
Unmengen an Blumen. Ganze Blumenbeete tun sich hervor.
Kein Schnee ist mehr zu sehen. Die erste warme Frühlingssonne schmilzt den restlichen Schnee und die Erde, die nach
Frühling riecht, zeigt, was sie zu bieten hat. Die Wiesen vor
dem Wald strahlen in frischem Grün und verwandeln sich
in kleine Blumenteppiche. An den Hängen sprießen Schnee-
glöckchen, Dotterblumen, Gänseblümchen, Veilchen, Kro-
kusse und Tulpen. Die Blumen strecken sich im Sonnenlicht.
In voller Blüte riechen sie satt nach frischen, herrlichen
Gerüchen. Diese eitlen Blumen zeigen sich in einer frechen,
stolzen Pracht und kokettieren, wer die Schönste sei. Die
erste Frühlingssonne des neuen Jahres scheint nur für sie.

Die Pflanzen saugen unermüdlich mit den jungen Wurzeln das frische Tauwasser. Die Bäume ziehen den neuen Saft in die dünnen, zarten, grünen Triebe und in die ersten dicken Knospen. Der Winter ist gegangen. Väterchen Frost sagt adieu.

Die drei großen Frauen haben den Frühling gebracht. In den Wiesen zeigt sich eine Blumenpracht in den Farben des Regenbogens. Der Regenbogen scheint sich in die Erde gegraben zu haben und will sich nun in Gestalt der Blumen aus der Erde winden. Die drei Frauen winken, wenden sich zufrieden ab und wandern langsam zurück in die Bergwelt hinein.

Am Waldanger arbeiten im Tal fünf kleine Wichte. Sie sägen Holz für einen Bienenstock, der rechtzeitig für diesen Sommer aufgestellt wird. Ihre Bienen sollen auch dieses Jahr wieder gut versorgt sein und möglichst guten Honig machen.

Ein Reiter hoch zu Ross kommt des Weges geritten.

»Verstecken wir uns!«, flüstert der größte unter den Wichten.

Die fünf Wichte huschen hinter eine Hecke.

»Wer ist das?«, flüstern die Wichte, die den Reiter beobachten.

Die Wichte kriechen aus dem Busch heraus.

»He, ihr da! Seid gegrüßt! Ich muss euch warnen! Nicht weit von hier sind Bärenspuren! Die Spuren sind noch frisch!«, weiß der Reiter hastig zu berichten.

»Ach, du erzählst Quatsch!«, lachen ihn die Wichte aus.

Wie sie so lachen, raschelt es im Gebüsch.

»Hört ihr es! Der Bär ist los!«, räuspert sich der Reiter.

Tatsächlich, ein riesiger Bär tappt aus dem Gebüsch. Er stellt sich auf seine Hinterpfoten, steht so aufrecht und brüllt. Das Pferd des Reiters erschrickt von dem Gebrülle, wirft den Reiter ab und galoppiert weg. Die Wichte indes sind auf die Eiche neben dem Bienenstock geklettert. Der Bär geht direkt zu dem Reiter, der am Boden liegt.

»Oh je, oh je! Der Bär wird ihm doch nichts tun?«, jammern die Wichte.

Zum Glück haben die Kleinen ein Seil dabei. Sie werfen dem Reiter das eine Ende herab. Der Bär kommt näher und näher.

»Halte dich daran fest!«, schreit ein Wicht dem Reiter zu.

Der Reiter packt das Seil und schwups, hieven ihn die fünf nach oben in den Baum. Der Reiter ist froh, dass er gerettet ist. Und wo ist eigentlich der Bär? Der tappt unten auf allen Vieren schnurstracks auf ein Blätterfeld zu, in dessen Mitte ein Topf mit Honig steht. Der Bär versucht mit seiner Vordertatze den Honigtopf zu greifen. Es kracht und eine große Staubwolke steigt auf. Der Bär ist in ein Loch gestürzt.

»Ha, ha, ha!«, freuen sich die Wichte und klettern vom Baum herab.

»Jetzt geht mir ein Licht auf! Ihr habt eine Falle gebaut und genau gewusst, dass es hier Bären gibt!«, ärgert sich der Reiter.

Der Reiter springt vom Baum und klopft seine Kleidung zurecht.

»Wir bauen jedes Jahr eine Bärenfalle! Der Bär klaut sonst unseren Honig!«, wissen die Wichte.

Den Bären hieven sie, in einem Netz gefangen, in eine sperrige Holzkiste. Die Kiste mit dem Bären bringen die Wichte in die Siedlung. Dort wollen sie ihn zähmen und tanzen lassen. Der Reiter zieht sich eine dunkle Kutte weit bis über die Augen, dass er nicht zu erkennen ist. Er pfeift seinem Pferd, das schnell angeritten kommt. Wortlos schwingt der Reiter sich auf sein Pferd und reitet geschwind, mit schwarzen, wallenden Gewändern, in die Dunkelheit des Waldes, verschwindet darin, als sei die Finsternis im Wald dem Reiter das, was ihn ausmacht.

Die Dunkelheit des Waldes scheint das zu sein, wohin er zurück muss, was ihm Anlass gibt, sich hier umzusehen. Die Wichte nebenan schäkern und lachen, freuen sich, dass der Bär gefangen ist. Sie beachten den Reiter nicht.

Vor dem Wald treibt ein Junge seine Ziegen auf eine Wiese, setzt sich in die Wiese und pflückt den Löwenzahn. Die Blumen kann er kaum in den Händen halten. Er legt die Blumen nieder und schlingt eine an die andere, bis er eine schöne Blumenkette geflochten hat.

Ein paar Gänse huschen aufgebracht zu den jungen Brennnesseln und knabbern hungrig an diesen.

»Hallo, ist da jemand? Hört mich jemand?« Der Junge hört ein Sausen.

Ringsherum ist nichts zu sehen.

»Hallo!«, ruft der Junge.

»Hallo!«, klingt es in einer flirrenden, zu hohen Stimmlage zurück. Es ist sein Echo.

Inmitten eines Sonnenstrahls, der sich durch den Nebel einen Weg bahnt, sitzt auf einem kleinen Fels ein ulkiger Vogel. Der Vogel hat einen langgezogenen Schatten neben sich und sitzt ganz still. Den Vogel hat der Junge längst entdeckt. Der Vogel ist nicht scheu. Einer seiner Flügel hängt herab. Hat der Vogel sich verletzt?

»Hallo! Wer bist du? Ich heiße Fibus. Du hast die Zeit überdauert, nicht wahr?«, mit leicht gedrehtem Köpfchen blickt der Vogel frech zu dem Jungen hin.

»Was soll das heißen ... die Zeit überdauert? Wieso kannst du sprechen?«, zischt der Junge leise wütend.

»Bist du aus der Welt, wie die Ziegen?«, fragt Fibus.

Fibus torkelt zu dem Jungen hin, streicht ihn mit seinem Flügel vorsichtig am Bein und kratzt sich verlegen mit seinem kleinen Krallenfuß am Kopf. Sein Blick ist, als ob er etwas zu verheimlichen hat. Aus seinen Augen spricht ein seltsames Unbehagen.

»Was, wie, Fibus? Bist du ein Vogel?« Der Junge weicht einen Schritt zurück.

»Wie heißt du?«, will der kauzige Vogel wissen.

»Wie ich heiße? Edwin!«, lenkt Edwin trotzig ein.

»Oben in der Baumkrone habe ich mir einen Flügel verletzt und bin auf die Erde geplumpst. Hast du meinen Schwarm gesehen?«, zwitschert Fibus heiser.

Edwin und Fibus sehen sich an und ihre Blicke versinken zueinander in einen gemeinsamen Blick. Fibus ist von kleiner Gestalt, hat schwarze Augen, braun-rot gescheckt flaumiges Gefieder, orangene Entenfüße und einen kleinen gelben Schnabel. Dieser Vogel sieht aus wie ein zu groß geratenes Eulenküken, ein bisschen anders.

Ein seltsames Tier ist das. Den Kopf wendet das Tier wie eine Adlermutter, der nichts entgeht, die wach und gleichzeitig eben sehr müde ist. Fibus gackert vor sich hin. Edwin lauscht angestrengt auf Fibus, versteht ihn aber nicht.

»Was bist du für ein Vogel? Einen Vogelschwarm habe ich nicht gesehen«, antwortet Edwin.

Dieser Vogel gibt mit seinem Blick etwas zu Edwin, das in Edwins Gemüt einen warmen Platz einnimmt. Fibus will mit seinen Blicken warnen oder lenken, weglenken, weg von dieser Wiese hier. Edwin wendet sich verunsichert ab. Ein Wind wirbelt etwas Staub auf und Edwin kneift die Augen zu. In der Dunkelheit der Lider starrt er in eine Finsternis, in der winzigste Funken sind. Die Funken nähern sich, werden größer und finden in dem dunklen Raum, der einzusehen ist, schier keinen Platz. Danach werden sie wieder klein und schwirren in der Ferne wie ein Schwarm Vögel, der von einem dunklen Platz wegfliegt.

»Wo ist Fibus?« Edwin blinzelt vorsichtig mit den Augen.

Fibus ist weg und im Sand sind keine Abdrücke. Edwin blickt um sich. Weder vor ihm noch in den Büschen, auch nicht in der Baumkrone, nirgends ist Fibus zu sehen. An einer Lichtung vor dem Wald ist Fibus auf einen Felsen gehüpft, hat sein Köpfchen zur Morgensonne gedreht und wärmt sich an den ersten Sonnenstrahlen des Tages.

»Die Gestalten der Finsternis gehen nachts auf Jagd. Ich rieche sie. Ist es einigermaßen hell, werden sie uns nichts tun. Die Zeit vergeht zu langsam und lockt die Tiere. Die Füchse sind gefährlich! An der anderen Seite des Baches, im Morast, sehe ich einen der Füchse lauern. Los, schleichen wir uns durchs Dickicht in den Wald! Schau hinter dich in die Finsternis des Waldes! Siehst du sie? Hörst du den tiefen, dumpfen Ton, der leise durch die Lande zieht? Der Ton gibt an, dass die Füchse sich in Rudeln zur Jagd sammeln.« Fibus schaut sich um.

Der eigenwillige Ton klingt klar und fein. Der Ton wird noch leiser und erlischt. Edwin hätte nicht gedacht, der Ton sei von Tieren. Die Füchse sind nirgends zu sehen.

»Was ist das? Dicht hinter uns raschelt es im Geäst. Mach doch was!«, aufgeregt zupft Edwin Fibus an einem seiner Flügel.

Die Ziegen eilen mit viel Gemecker in den Wald.

»Du musst mir folgen! Die Füchse werden uns nicht kriegen. Nimm dich in Acht! Tue stets, was ich dir sage! Ich dulde keine Widerrede. Das kostet uns nur Zeit. Jede vergeudete Minute kann uns zum Verhängnis werden. Wir müssen in den Wald. Dort finden uns die Füchse nicht! Drüben am anderen Ufer des Bachlaufes siehst du sie im Wasser. Sind die Füchse durch den Bach geschwommen, werden sie hier sein!«, wispert Fibus.

Edwin rennt schnell hinter Fibus her. Sein Blick richtet sich kurz zurück, kein Fuchs folgt ihnen. Kröten springen neben die Wurzelstöcke einer Weide. Schlingpflanzen durchdringen mit ihrem Blattwerk den Wald. Der Boden des Waldes ist durchsetzt mit vielen, großen Pfützen. Oben in den Baumwipfeln ist lautes Vogelgezwitscher zu hören. Eidechsen und Schnecken zeigen sich am Wegesrand.

Die Luft ist satt und klar im Wald. Dutzende Moosarten säumen den Waldboden. Dachs und Hasen verstecken sich in ihren Bauten. Eine paar scheue Rehe springen erschrocken ins Gebüsch. Ein Bach schlängelt langsam fließend durch das dichte Unterholz. Das Wasser im Bachlauf wirbelt sich teilweise zu kleinen Strudeln. Am Ufer springen Frösche ins Wasser und ein schwerer Ast treibt im Bach. An den Ufern des Baches liegt eine eigentümliche Stille, eine sanfte Ruhe. Edwins Ohren lauschen dem stillen Treiben des Baches, wie Äste knacken, und den kleinen Wellen, die an die Sandbänke des Baches treiben. Fischreiher verschwinden mit roten, langen Beinen im dichten Schilf. Angeschwemmte Wurzeln unzähliger Weiden säumen die Ufer. Aus dem Wald jault es. Ein Jaulen, wie Hunde, oder sind es Waldgeister, Zwerge und Kobolde?

»Im Wald gibt es allerlei seltsame Geschöpfe!« Fibus hopst unerschrocken weiter des Weges.

Unbeirrt folgt ihm Edwin. Am Weg zieht sich eine Schildkröte in ihren Panzer zurück und die Bäume sind mit vielen verschlungenen Lianen verwachsen. Oben in den Baumkronen sitzen bunte Vögel und putzen eifrig ihr Gefieder. Bienen surren, Frösche quaken und Schmetterlinge landen auf den Blüten neben einem Teich.

»Wo sind wir hier?«, fragt Edwin erstaunt.

»Folge mir! Wir finden in deine Welt zurück! Solange du bei mir bist, passiert dir nichts! Vertraue mir!« Fibus bietet einen seiner Flügel zum Handschlag an.

»Wir sind von nun an in einem anderen Land, dem ungeborenen Land. Mehr kann ich dir nicht sagen. Los, bevor uns die Füchse wieder wittern!« Fibus winkt Edwin zu sich.

Die Sonne spiegelt sich auf der Wasseroberfläche eines Teiches, Blütenduft durchtränkt die Luft und eine Ameisenkolonie bahnt sich, fleißig eine Ameise um die andere, ihren Weg zu einem meterhohen Bau.

Edwin und Fibus stapfen durch den Bach. Kleine Fische zischen hie und da aus dem Bachlauf, schnappen sich die Fliegen und die blau schimmernden Libellen, die knapp und leise flatternd über der Wasseroberfläche fliegen. Je mehr die Sonne ihre Bahn gegen Mittag zieht, desto wärmer wird es. Auf trockenem Boden hopst Fibus furchtbar schnell, Edwin kann ihm kaum folgen. Dicht an dicht stehen hohes Gras und meterhoher Farn. Eine winzige Waldmaus sucht sich einen Weg durch das Gras und fiept aufgeregt. Das Gras ist viel zu dicht, um einen Weg zu finden.

»Es ist noch nicht Nacht! Wir müssen zu den Wichten. In ihrer Siedlung sind wir vor den Füchsen der Ebene sicher!«, quakt Fibus.

Edwin hat sich ein paar große Blätter gepflückt und hält sie sich über den Kopf. Erst regnet es einzelne, dicke Wassertropfen. Danach prasselt ein kurzer, kräftiger Regen herab. Der Regen nimmt die Gerüche einfach weg.

»Regnet es, verliert sich unsere Spur für die Füchse«, denkt Edwin.

Nach einer Weile beruhigt sich der Regen. Kurze Zeit später scheint die Sonne wieder. Fibus kriecht aus einem alten Fuchsbau hervor. Er spreizt seine Flügel und wendet sie gegen das Sonnenlicht, um die nass gewordenen Flügel zu trocknen. Fibus flattert aufgeregt mit den Flügeln. Zusehends machen ihm Fliegen zu schaffen.

Hektisch springt Fibus von einem Bein auf das andere und flattert mit den Flügeln, um die Fliegen loszuwerden. Die kleinen Quälgeister lassen nicht von ihm ab. Kaum hat er mit seinem Flügel die Viecher weggewedelt, setzen sie Sekunden später wieder ihre winzigen Rüssel an den Schnabel und schlürfen von den klebrigen Fruchtresten, die Fibus von seiner letzten Mahlzeit an dem Schnabel kleben hat.

»Ah! Die Fliegen lassen mich nicht in Ruhe! Die piksen und das juckt!«, jammert Fibus.

Wild gestikulierend patscht Fibus, um die Fliegen zu verscheuchen. Anstatt sie loszuwerden, werden es mehr und mehr Fliegen, die ihn piksen. Edwin wirft sein Mäntelchen dem kleinen Vogel über.

»Ah, igitt, igitt! Was für ein scheußliches Mäntelchen!« Fibus schlüpft in das Mäntelchen.

»Was zierst du dich? Ist dir mein Mantel nicht gut genug? Sei froh, dass du die lästigen Fliegen los bist!«, keift Edwin.

»Die Fliegen hätte ich geschnappt. Ich bin ein Vogel! Jetzt hast du sie verjagt, mit deiner Kutte. Ich picke sowieso lieber Körner als Fliegen.« Die Fliegen lassen von Fibus ab.

Fibus kriecht unter seiner Decke hervor und watschelt zu Edwin. Erst ganz leise, schließlich sehr laut hören Edwin und Fibus ein Raunen in der Luft. Ein Heulen, das erst einmal, dann zwei-, drei-, vier- und schließlich fünfmal erklingt. Ein Helikopter dreht eine Runde über der Wiese vor dem Wald. Die Gleichmäßigkeit der Motorengeräusche klingt wie ein Grollen, lauthals murrend, in den Bergwänden noch lauter widerhallend. Der Helikopter dreht ab, zurück in die Berge. Nahe der Wiese wird es ruhig und einzelne Vögel fliegen in der Ferne.

Die Höhle, die Alte

»Hörst du die Füchse? Los, zu dem Felsvorsprung!«, murmelt Fibus aufgeregt.

Hinter dem Fels ist der Eingang in eine Höhle. Edwin und Fibus klettern in die Höhle. In der Höhle verschließen sie den Eingang hinter sich mit schweren Steinen. Vor dem Eingang scharren die Füchse im Kies und knurren.

»Es ist furchtbar finster hier!«, nörgelt Edwin.

Vorsichtig tastet Edwin sich im Dunkeln voran und hört kleine Steine herabrieseln. Das Echo der Steinchen klingt sehr lange nach. Eine laue Prise Wind streift Edwins Arm, er bekommt Gänsehaut. Edwin sieht etwas in die Dunkelheit hinein verschwinden. Was ist das?

»Wo bist du? Ich kann dich nicht sehen. Fibus, bist du es wirklich?« Edwin hat Angst.

»Klar bin ich es, wer sonst! Hier gibt es Krebse und Lurche, die in der Dunkelheit umherhuschen. Machst du weiterhin viel Radau, lockst du größere Tiere, die hier in der Höhle hausen. Eben konnte ich eine Fußspur erkennen, die bestimmt nicht von einem Mäuschen stammt«, gurrt Fibus.

Fibus reibt sich mit den Flügeln. Er friert.

»Wie, du konntest sehen? Beeile dich lieber, du lahme Ente!«, pustet Edwin mutlos vor sich hin.

Vor ihnen türmen sich Kalkkolosse aus Tropfstein.

»Ich kann mit meinem Miniwalkplayer den Weg sehen. Mit einer bestimmten Tastaturkombination sendet dieser über ein Magnetfeld Strahlungen aus, die gutes Licht sind. Schau, ich zeige es dir.« Fibus hält mit den Flügeln das Gerät und pickt mit dem Schnabel in die Tasten.

Sie sehen dunkle Konturen, Umrisse und Bewegungen.

Der Miniwalkplayer ist ein kleines technisches Gerät, das jeder Paluk bei sich trägt, um für die Schar auffindbar zu sein.

»Wir sind sehr weit in der Höhle drinnen. Ich rieche es an der Luft. Die Luft ist dünn und modrig.« Fibus drückt einen Knopf des Miniwalkplayers.

»Ich dachte, wir sind auf dem Weg nach draußen!«, entrüstet sich Edwin mürrisch.

»Wir haben uns verlaufen. Mein Miniwalkplayer funktioniert nicht richtig. Die Zeiger des eingebauten Kompasses zeigen keine eindeutige Richtung und wackeln hin und her.« Fibus ist enttäuscht.

»Lass mich in Ruhe mit deinem Teil, Mini…-was-weiß-ich! Hättest du auf mich gehört, wären wir nicht in die Höhle gegangen!« Während sie streiten, piepst der Miniwalkplayer.

»Was ist das? Der Miniwalkplayer sendet ein Signal. Die Batterie ist leer. Bald haben wir nichts mehr zu sehen und hocken hier im Dunklen fest!«, schnattert Fibus.

Das bisschen Licht im Dunklen erlischt. Kleine Steinchen rieseln auf den Boden.

Es klingt nicht wirklich wie ein Rieseln, eher wie das Knistern einer Glut. Edwin sieht ein unscheinbares Flackern an den Wänden der Höhle.

»Fibus, bist du es? Flackerst du mit deiner Lampe? Kann ich zu dir kommen? Bist du drüben am anderen Ende des Weges? Fibus, warum antwortest du nicht?« Von Fibus ist nichts zu hören und zu sehen.

Es sind zwei kleine Funken, die an der Wand sich unmerklich leicht bewegen. Edwin will den einen Funken fangen, der entwischt und er greift ins Leere. Wie im Spiel lässt sich der Funke jagen. Edwin kriegt ihn nicht. Der

Funke macht sich mit Edwin einen Ulk, wie jemand, der mit einem Stück Spiegel an die Wand blendet und eine Katze ärgert, die vergeblich versucht den Lichtpunkt, der sich bewegt, zu fangen. Ein paar Staubkörnchen wirbeln in die Höhe und nehmen je etwas Licht mit sich. Edwin rollt einen Stein zur Seite und kann einen winzigen Lichtstrahl von außen in die Höhle dringen sehen. Der Spalt, durch den der Lichtstrahl dringt, ist verschwindend klein. Ein zweiter Strahl dringt durch eine winzig kleine Öffnung, die mit bloßem Auge fast nicht zu sehen ist. Die beiden Strahlen kreuzen sich und in der dunklen Höhle leuchtet ein Kreuz. Ist das ein Zeichen und fehlen ihm, der den Strahl schickt, die Worte?

»Ist da jemand?«, flüstert Edwin ängstlich.

»Ist da jemand?« In der Höhle hallt eine Stimme zurück.

Edwins Herz rast und seine Hände sind kalt. Ein Gurren ist zu hören. Eine Taube hat sich in die Höhle verirrt.

»Fibus, sag doch was! Wie kommt die Taube in die Höhle?«, flüstert Edwin.

Das Gurren der Taube wiederholt sich ständig. Es knistert und aus dem einen Lichtstrahl steigen winzig kleine Wesen. Edwin reibt sich an den Augen und sieht winzig kleine Gaukler frohgemut und voller Leichtigkeit in die Höhle spazieren. Sie spielen, der erste vorne eine Flöte, der zweite eine Tuba und der dritte eine kleine Pauke. Hinter ihnen tanzt eifrig eine dickliche Frau.

»Wer bist du?«, fragen die kleinen Gaukler frech.

»Wer seid ihr kleinen Wesen? Kann ich mit euch reden?«, bibbert Edwin.

In der Höhle ist es furchtbar kalt.

»Sicher kannst du mit uns reden! Mit wem sonst!« Die anderen lachen ihn aus.

Edwin hat das Gefühl für die Zeit verloren und die Dunkelheit der Höhle hüllt ihn ein wie eine fremde Macht, die schwer auf seinen Schultern lastet. Die possierlichen Lichtgestalten setzen sich auf einen Stein und spielen fröhlich ein kleines Lied.

»Kennt ihr den Weg aus der Höhle?«, fragt Edwin schlaftrunken.

Die Augenlider, die ihm tief in den Augenhöhlen liegen, werden ihm schwer und schwerer. Plötzlich kracht es laut. Ein Stein hat sich gelöst und ist in eine Schlucht gestürzt.

Die kleinen Wesen aus Licht zerbröseln und auch der Lichtstrahl verschwindet. Edwin hört die Füchse jaulen. Wie von Geisterhand sind sie gekommen und schnuppern am Höhleneingang. Hat Fibus seinen Freund im Stich gelassen? Draußen lauern die Füchse und in der Höhle ist es viel zu kalt, um zu bleiben.

»Wo seid ihr hin, ihr kleinen Wesen? Habe ich euch vertrieben? Das wollte ich nicht! Kommt zu mir zurück und zeigt mir einen Weg aus der Höhle!« Edwin hat Angst.

Die kleinen Wesen zeigen sich nicht und auch die Taube gurrt nicht mehr. Jemand schleicht um die Ecke. Edwin atmet erleichtert auf. Die Gestalt ist Fibus.

»Ich glaube einen Ausgang gefunden zu haben. Folge mir! Weiter vorne ist Licht zu sehen, das von draußen nach innen dringt«, meint Fibus aufgeregt.

Sie tasten sich an einem Felsen entlang. Vorsichtig beugen sie ihre Köpfe über den Rand einer kleinen Schlucht. Unten bewegt sich ein heller Schein in Wasser hin und her.

»Es gibt einen Weg nach draußen!« Edwin klettert in die Schlucht.

Die Felswände sind bis auf ein paar Felsspalten glatt und glitschig. Edwin kann sich gut mit Armen und Beinen gegen die kahlen Felswände stemmen. Vorsichtig klettert er die Felsschlucht hinab. Fibus umschließt seinen kleinen Körper mit seinen Flügeln, wärmt diesen, tritt ein Stück zurück und verharrt in einer Kuhle an der Felswand. Der Vogel rührt und regt sich nicht.

»Fibus, klettere zu mir!«, ruft Edwin, der unten angekommen ist.

Fibus gibt keine Antwort. Beharrlich schwappt der helle Schein im Wasser hin und her. Im Wasser tummeln sich kleinere Schwärme bunter Fische. Als diese Edwin bemerken, huschen sie weg. Wendet Edwin seinen Blick ab, ist ein Felsspalt zu sehen, wo das Licht ins Wasser fällt. Edwin klettert das letzte Stück zu dem Felsspalt und blinzelt nach draußen. Das Wetter ist windig und regnerisch, fast stürmisch. Ein Nadelbaum an dem anderen reiht sich dicht an dicht. Mit etwas Mühe zwängt sich Edwin durch den engen Felsspalt.

Endlich hat er es geschafft. Er ist raus aus der Höhle und steht wieder auf festem Waldboden. Hinter einem Felsvorsprung sitzt ein kleines, klägliches Federtier. Es ist Fibus. Seine Flügel sind nass und er friert. Auch Fibus hat einen Weg aus der Höhle gefunden. Gemeinsam drängeln sich Fibus und Edwin in eine windstille Nische am Felsen und warten, dass der Regen sich beruhigt. Wieder erklingt das Heulen der Füchse. In der Dunkelheit des Dickichts sieht Edwin grell leuchtende Augenpaare. Mit einem enormen Sprung springt einer der Füchse aus dem Dickicht. Fibus faucht wie eine Katze zu dem Fuchs. Der Fuchs zieht die Zunge an das Zungenbein, lässt sie herausschnellen und es schnalzt. Ein zweiter Fuchs lauert angriffslustig vor einer Hecke. Das Tier fletscht die spitzen Zähne, faucht und raunt in der Luft. In einer Drohgebärde gräbt der Fuchs die Vorderpfoten in die Erde. Der dritte Fuchs krümmt den Rücken, sträubt das Fell und zeigt Krallen. Erst knurrt der, hebt den Kopf und jault. Fibus stürzt auf den Rücken des Fuchses. Der Fuchs versucht den Vogel loszuwerden. Fibus hat sich in das Fell des Fuchses gekrallt. Der Fuchs plumpst zur Seite, wälzt sich im Sand und schüttelt den Vogel ab. Schwerfällig flattert Fibus an einen Baum. Die drei anderen Füchse knurren und setzen leise ihre Tatzen in den weichen, sandigen Boden.

Mit angelegten Ohren schleichen die Füchse verlegen und sehr angriffslustig zu Edwin. Sie positionieren sich um Edwin in einem Dreieck. Edwin steht still wie angewachsen. Ein Wimpernschlag zu viel und die Füchse beißen zu. Die Füchse nähern sich, knurren und schnuppern an Edwins Hosenbein.

Von weit her grollt ein Donner. Vor Schreck verschwinden die Füchse winselnd, mit gesträubtem Fell in den Wald.

»Das war knapp!« Oben in einer Baumkrone sitzt Fibus und schüttelt sich.

Fibus fliegt in einem Gleitflug zu Edwin hin.

»Was war das? Dein Flügel ist doch gebrochen?«, fragt Edwin verwundert.

»Hast du es nicht gemerkt? Der Flügel ist fast heile. Ein bisschen kann ich wieder fliegen«, schnattert Fibus, mit einem schelmischen Blick in den Augen.

»Ich bin ein Paluk. Ist mein Flügel gesund, werde ich zu den Meinigen zurückkehren und für dich unsichtbar sein.« Fibus schüttelt sein Gefieder.

»Was redest du?« Edwin stellt sich trotzig vor Fibus.

»Was ist ein Paluk und was sind das für sonderbare Füchse?« Edwin stapft wütend auf den Boden.

Der Wind spinnt ein dünnes Kleid aus vielen Klängen.

Ein wildes Durcheinander an Fieptönen ist zu hören, die einmal mehr, einmal weniger fiepen. Zwischendurch fiepen die Töne allesamt. Mäuse haben sich im halbhohen Gras versteckt.

»Wie lange wird es dauern, bis wir in der Siedlung sind?«, fragt Edwin hastig.

»Für uns ist es ein Tagesmarsch. In deiner Zeit dauert es so lange, wie ein Mückenstich juckt. Folge mir!« Fibus pickt eine Mücke, die an einem Blatt sitzt.

Edwin blickt kurz um sich und erkennt eine alte, bettelnde Frau vor den schwarzen dunklen Ästen des Waldangers. Die Alte nimmt ein Stück Brot, wirft es vor Edwins Füße. Sie weicht einen Schritt zurück und zeigt eine Geste, Edwin solle das Stück Brot nehmen, sie hätte es ihm geschenkt und wolle ihm nicht zu nahe kommen.

Edwin ist etwas angewidert, dass dieses alte Weib das kostbare Brot in den Waldboden wirft. Ist das Brot in das Laub gefallen, verwirbelt es die Blätter, als täte ein junger Hund im Laub tollen. Die Alte geht zurück zu den Ästen. Sie hinkt ein wenig.

»Was willst du mit dem trockenen Stück Brot?«, fragt Edwin.

Das Brot liest Edwin auf und will ein Stück essen. Es ist steinhart und insgeheim fragt Edwin sich, ob das tatsächlich Brot ist.

»Habe ich das nötig, dass du mir einen Stein als Brot unterjubeln willst?«, schreit Edwin wütend.

»Was will die Alte?«, gackert Fibus.

»Du musst das Brot in Wasser tunken. Eingeweicht kannst du es essen!«, meint die Alte.

»Hier ist nirgends Wasser. Woher soll ich Wasser kriegen?« Edwin wendet den Blick ab.

»Was willst du? Willst du etwa Rinde essen? Sei froh, dass ich dir zu essen gebe. Hier im Wald wirst du nicht viel zu essen finden. Iss die Beeren und die dummen Wachteln, die sich fangen lassen!« Die Alte streicht über die Rinde eines Baumes.

Sie reicht Edwin einen Apfel, den sie aus ihrer verschlissenen Tasche nimmt. Was ist das? Unter ihrem dunklen Kleid springt eine schwarze Kröte hervor. Die Kröte sitzt im grünen Klee und quakt frech.

»Ist das deine Kröte? Woher hast du die?« Edwin runzelt die Stirne.

Die schwarze Kröte ist völlig unbeeindruckt und plustert ihre Backen, die sich kräftig rosa färben. Sie quakt wieder. Das klingt wie eine hoch klingende Oktave. Die komische Kröte quakt und quakt. Sie ist nicht zu beruhigen.

»Was ist mit deiner Kröte? Hat sie nicht die richtigen Fliegen gefressen? Warum ist sie so ungehalten?« Edwin hebt unschlüssig die Augenbrauen.

»Lass sie! Sie singt sich ein und will die kleinen Frösche rufen«, sagt die Alte schroff.

Aus den Büschen springen kleine schwarze Frösche, setzen sich auf die Blätter der Sträucher ringsherum und beobachten Edwin und die Alte, wie sie reden.

»Jetzt sind sie da. Du wirst gleich sehen, was passiert.« Die Alte zeigt auf den Boden.

Die Frösche springen zu der Kröte und heften sich eng an sie. Die dicke Kröte ist nicht mehr zu sehen. Ein großer Wust schwarzer Frösche, klebrig aneinander haftend, ist auszumachen. Die Alte geht hin zu dem Klumpen aus Froschgebein und Krötenspeck. Sie nimmt das wackelige Tiergetümmel und zupft einen Frosch nach dem anderen aus dem Gemenge. Die kleinen schwarzen Frösche wirft sie an die Bäume ringsherum. Die Frösche kleben an den hellen Birken, haften an den Stämmen, rollen nach unten bis zum Boden und bleiben an den Wurzelstöcken der Bäume sitzen. Mit ihren alten und schrumpeligen, von Kälte ausgezehrten Händen greift die Alte die große schwarze Kröte wie einen großen Apfel. Sie hält das Tier, die Kröte in den Händen, die immer noch Oktave singt. Die steifen Glieder ihrer Fingerkuppen können das kleine Ding kaum nehmen und sie legt die Kröte zurück auf den Boden. Die Kröte quakt zufrieden, als sei nichts gewesen.

»Die vielen Frösche, hast du sie gerufen?« Edwin setzt sich in das Gras und sieht den Fröschen zu.

»Die große, dicke Kröte soll deine Freundin sein!«, redet die Alte und will Edwin die Kröte geben.

»Bitte nicht! Ich will keine Kröte zur Freundin haben! Das Brot, das nehme ich gerne. Deine Kröte kannst du behalten.« Edwin weicht der Alten aus.

Die vielen kleinen Frösche sitzen bei lila Blumen. Die Blumen sind Lichtnelken, oder Herrgottsblut genannt. Es gibt keinen Zweifel daran, diese Blumen sind die schönsten! Die kleinen Frösche sitzen bei den purpurnen Blumen wie Matronen, unbeirrbar und stolz. Kleine grüne Fliegen schwirren in die purpurnen Blütenkelche der Lichtnelken, naschen von dem Nektar, werden wie betrunken und fliegen weg in wilden unförmigen Kreisen.

Die große Kröte lässt das Oktave-Quaken und wird ruhig. Die Kröte springt zu der Alten, die sich auf einem Baumstumpf niedergelassen hat. Die Alte packt die Kröte und will sie küssen. Sie küsst die Kröte nicht wirklich, tut nur so und stülpt die Lippen. Sie wartet, dass ihr Drängen erwidert wird. Die Kröte macht nichts, sitzt ruhig und bewegt sich nicht. Jetzt springt die Kröte von ihrer Hand zu den anderen Fröschen. Hinter den lila Blumen, die kniehoch gewachsen sind, ist ein Teich. Der Teich ist über und über bedeckt mit den Blättern von Seerosen, und ein paar wenige Seerosen sind aufgeblüht. Die kleinen Frösche beginnen zu quaken, springen zu dem Teich und auf die Blätter der Seerosen. Sie reihen sich hintereinander auf wie Rekruten. Vorne hockt die dicke Kröte und singt wieder Oktave. Sie plustert ihren Kehlkopf auf, dass der sich wie ein kleiner Ballon deutlich von dem wulstigen, mit schwarzen Höckern übersäten Körper abhebt.

»Was für eine tolle Kröte! Hörst du sie singen?«, freut sich die Alte und fasst sich vor Bewunderung in das Gesicht.

»Komm, Fibus! Gehen wir weiter! Lass die Alte mit ihren Fröschen und der Kröte!« Fibus klettert auf Edwins Schulter.

Die Alte lauscht voller Freude ihren Fröschen. Sie merkt nicht, dass Edwin und Fibus weggegangen sind. Edwin und Fibus gehen langsam weiter in den schier undurchdringlichen Wald. Sie folgen den Läufen der Rehe. Es scheint diffuses Licht und ein paar Lichtstrahlen gelangen durch das dichte Blattwerk der Baumkronen bis zum Waldboden. Der Wald ist satt anzusehen in den vielen Grün- und Brauntönen. Einzelne riesig große Sonnenbalken stehen im Wald herum. Es herrscht eine angenehme Stille. Manchmal hört man das Gezwitscher und die einzelnen Rufe der Waldvögel.

»Diese Pfade führen entlang der Schatten der Eichen. Selbst wenn es regnet, ist es besser, den Schattenpfaden zu folgen. Was die Wichte fürchten, sind die Blitze im Regen. Du musst wissen, Blitze schlagen nur an den höchsten Stellen im Wald ein. Die sind oben in den Baumgabelungen, oder bei freier Lichtung, dort, wo sonst die Sonne scheint. Wer keinen guten Schutzengel hat, den trifft es dann vielleicht. Sei bei Regen nicht leichtsinnig und gehe nicht auf lichten Pfaden!« Fibus bleibt stehen und atmet tief durch.

Er dreht sich um und rennt weg. Mit seinen kurzen Beinchen ist er flink wie ein Wiesel. Edwin hastet dem kleinen Fibus hinterher. Fibus ist so schnell, Edwin kann ihm kaum folgen. Schließlich verliert er den dicken, kleinen Vogel komplett aus den Augen. Edwin ist es nicht möglich, Fibus auf den Fersen zu bleiben. Erschöpft und außer Puste ruht Edwin sich aus. Die Füchse haben bestimmt längst seine Fährte aufgenommen. Edwin klettert auf den nächsten Baum und wartet auf Fibus.

Hoffentlich sind einstweilen die Füchse nicht hier. Wenn Edwin genauer hinsieht, eigentlich ist es Fibus, der unten zu ihm hin hopst. Edwin springt vom Baum. Er ruft Fibus zu sich herbei. Beide freuen sich, einander wiedergefunden zu haben, umarmen sich und verweilen in trauter Zweisamkeit am Ufer eines kleinen Baches. Fibus meint, er hätte sich hier genauer umgeguckt und nichts Verdächtiges entdeckt. Die beiden wähnen sich in Sicherheit und setzen sich an den Bach. Sie bauen sich kleine Angeln, sitzen am Ufer und warten. Kleine Fischchen schnappen aus dem Wasser, blicken verängstigt zu den beiden, fallen zurück ins Wasser und sind sogleich mit der Strömung verschwunden.

Edwin sieht vor ihm im Sand eine Spur. Von welchem Tier ist die Spur? Die Spur im Sand ist weder Katz noch Vogel. Die Spur sieht aus wie von einem Schwein, anstatt Paarhufen, drei Zehen. Edwin zeigt Fibus diese Spur.

»Das ist die Spur eines Fuchses. Die Spur ist frisch!« Edwin schaudert es.

Fibus legt sacht seinen Flügel um Edwins Schulter.

»Was ist los?« Fibus seufzt leise.

»Ach, nichts, mir war, als träumte ich!« Edwin hält sich die Ohren zu.

»Was hast du geträumt?«, erkundigt sich Fibus innig.

»Ich weiß nicht recht, besser, wir reden nicht darüber!«
Edwin wendet sich ab und verwischt die Spur im Sand.

Schnalztöne sind in der Ferne zu hören. Edwin und Fibus
schauen sich einvernehmlich an. Sie wissen, was das bedeutet, nämlich dass ein Fuchs in der Nähe ist. Ein dunkler
Fuchs sitzt lauernd im Morast bei einer der Weiden, die mit
ihren Wurzeln in das schlammige Wasser des Baches greift
und so die kleinen Fischchen ködert.

Der Fuchs positioniert sich in Richtung seiner Beute,
visiert diese an und schickt einen dunklen feingliedrigen
Schatten voraus. Der Schatten nimmt die Gestalt von düs-
teren Wesen an, die schwarz geflügelt nach ihrer Beute trachten. Die dunklen Augen des Fuchses sind seitlich angelegt
und blicken in unterschiedliche Richtungen. Der Fuchs
schaut in verborgene Winkel, selbst Mäuselöcher kann er
mit seinen lüsternen Blicken durchdringen.

Blitzartig wandern die Blicke des Fuchses über den Morast, das Gras, die Weide, bis fast direkt hin zu Edwin und
Fibus, die am Ufer sitzen. Der Fuchs pfeift ein lautes Schnal-
zen und holt seinen Schatten zurück, der griesgrämig, wi-
derspenstig zu ihm hingeht.

Die Blicke des Fuchses huschen über die Borken eines
Baumes nach oben, über knorrige, alte morsche Äste, die
fast zu brechen drohen. Dort oben kauern sie und warten
auf eine günstige Gelegenheit, den Körper des Tieres hinter-
herzuschicken. Der Fuchs will Edwin und Fibus hetzen, bis
sie umfallen und in eine kleine Ewigkeit verschwinden. Er
will Edwin und Fibus zerreißen und die Eingeweide aus
ihnen zerren, die durch die Luft schleudern und den restlichen Tieren zum Fraß vorwerfen.

Doch dem ist nicht so. Fibus hat ein Strahlen in den
Augen, das er direkt hin in die Augen zu Edwin gibt, und

das schützt die beiden. Dieses Strahlen breitet sich aus, wie ein Lichtkegel, erst ein wenig und schließlich ist es um die beiden sehr hell, wie in einem Theater, wo alle Scheinwerfer plötzlich nur auf eine Szene gerichtet sind. Die beiden sind beleuchtet wie von tausend Lampen und wiegen sich in beharrlicher Wärme dieser Strahlung.

Das mag der gierige Fuchs nicht und im Bach tut sich in der Strömung ein kleines schwarzes Loch auf, in das der Fuchs tollkühn hinabrutscht und darin verschwindet. Das Loch schließt sich, rülpst und ist weg. Fibus tupft Edwin mit dem Flügel an der Schulter an. Er schnippt mit den Federn und Edwin schüttelt sich, reibt die Augen.

»Was war das jetzt? Mir war, als schliefe ich. Wie lang mag ich bloß geschlafen haben?« Er blickt an sich hinab.

Die Kleidung ist verstaubt, zu klein, und die Schuhe drücken. Die Beine stehen wie gefroren an einem Fleck.

»Komme ich hier jemals wieder weg?« Edwin hadert mit sich.

»Die Gerechtigkeit wird keine Sühne fordern!«, meistert sich Fibus altklug und schüttelt stolz sein Gefieder.

»Was redest du?!« Edwin schaut sich um und weiß nicht, was die letzte Zeit passiert sein mag.

»Das war sehr kühn von mir, dich zu beschützen, denn sonst hätte uns der Fuchs sicherlich gepackt. Ich habe ihn gerochen und konnte schnell reagieren. Das war die einzige Lösung, die mir richtig erschien, das allheilsame Licht zu ordern, dich darin zu verhaften, um dich aus den Fesseln des bösen Schicksals zu lösen. Und das heißt in meiner Sprache, dass die Gerechtigkeit keine Sühne fordert. Das ist, sieht man seinem Gegenüber ehrlich in die Augen, und diese Ehrlichkeit vertreibt die grollenden Füchse, die nur darauf warten, dass ich dich missbillige und sie den ersten Angriff tun. Aber ich will stark sein und bei dir sein, dich nicht verraten, dass würde dir und selbst mir Schaden tun.

Habe ich das nicht prima gemacht? Findest du nicht auch?« Fibus zwinkert mit den Augen.

»Mein lieber Freund, manchmal verstehe ich nur Bahnhof, was du sprichst. Mir dünkt die leise Vermutung, dass ich keine andere Wahl habe, als dir zu folgen. Warum ich bei dir sein muss, verstehe ich nicht. Es ist, wie es ist.« Edwin kauert an seinen Fingernägeln.

»Nein, es ist nicht, wie es ist! Du musst diese Zeit, diese kurze Reise hier durch das ungeborene Land mit mir gemeinsam bestehen, das habe ich dir bereits erklärt! Du musst mir folgen und tun, was ich sage! So wird dir nichts passieren und du wirst in dein Land zurückkehren können.« Fibus schnattert wie eine wild gewordene Ente und watschelt aufgeregt im Kreis.

Die Ebene und die Macht der dunklen Nacht

Edwin geht langsam zu Fibus hin. Fibus bleibt stehen und blickt von unten Edwin in die Augen. Er weiht Edwin in diese neue Welt des ungeborenen Landes ein.

»Hier gibt es Wesen, die es in eurer Welt nicht gibt. Gehe einfach mit mir! Ich kann dir den Weg zeigen. Wir müssen in die Siedlung. Eigentlich könnt ihr Erdlinge uns nicht sehen. Selbst die Füchse zu erkennen, fällt euch schwer. Mein Flügel ist verletzt, deshalb habe ich mich dir kenntlich gezeigt. Pass auf mich auf! So sind wir vor den Tieren der Nacht geschützt. Paluk sind keine normalen Vögel. Wir sind Beschützertiere aus einer anderen Galaxie. Hoch oben hinter den Wolken wohnt unsere Mutter. Sie ist ein Phönix und legt dort ihre Eier, die sie von der heißen Sonne ausbrüten lässt.

Aus den Eiern schlüpfen wir, die Paluk. Erst sind wir Küken, bis wir uns mausern. Wir fliegen zu euch herab. Ihr könnt uns nicht sehen. Mein Schwarm ist weg, ich konnte ihm nicht folgen. Wir haben die Aufgabe, euch zu beschützen. Hunderte von uns sind damit beschäftigt, euch jeden Tag den Weg zu weisen. Ihr nennt das Zufall. Aber nein, es ist unsere Arbeit! Wir zeigen euch den Weg! Wie wir das machen? Das machen wir in der Ebene, die ihr nicht seht, die Ebene aus Zeit und Schall. Das Laute pflücken wir weg, und das, was euch nicht passt, verdrängen wir nach früher oder ebnen damit den Weg nach morgen. Wir pressen es einfach in den Sand wie den Quarz, der im Sand glitzert. Wollt ihr es wiederhaben, das Alte, picken wir den Quarz aus dem Sand, vermengen ihn in die Zeit und würzen ihn mit Klang, dass ihr ihn wiederhaben könnt. Er ist euch wie ein reifer Apfel zum Greifen nahe. Verstehst du mich? Das klingt sehr kompliziert und ist es. Es geht euch nichts an, was wir tun. Es ist unsere Welt, die aus den Fernen der Ebene her kommt. Manchmal könnt ihr uns spüren. Ihr nennt es Sehnsucht. Ihr könnt uns spüren, obwohl ihr nicht wisst, dass es uns gibt. Wir sind aus einer Galaxie, die ihr nicht kennt. Bricht sich ein Paluk einen Flügel, werdet ihr einen Hauch aus unserer Welt vernehmen. Ihr seht uns in Gestalt eines Tieres, meist wie einen Vogel«, verharrt Fibus in Gedanken, die er andächtig spricht.

Fibus hopst zu Edwin und schmiegt sich an sein Bein.

»Das Unheil wenden Paluk von euch ab, pflücken es in Körbe und bringen es weit weg, dahin, wo es euch nicht schaden kann. Wir Paluk fliegen in Scharen, singen in Chören und übertönen das ganze Tal. Unser Gesang klingt wie ein eigenwilliger Ton, als ob der Wind pfeift. Die Füchse sind die Wächter der Ebene.

Die Ebene liegt nahe der Siedlung. Die Füchse vertreiben jeden, der der Ebene zu nahe kommt. Nicht immer ist die Ebene zu sehen. Scheint die Sonne in den Nebel, schillert der in bunten Flecken, die in der Luft schwirren. So oder so ähnlich kann man sich die Ebene vorstellen. Gesehen habe ich die Ebene noch nie. In der Ebene regiert weder Tod noch Missmut das Leben. Sie ist ohne Gesetz. Alles hier im ungeborenen Land obliegt der Ebene, wie Gefallen finden und wann du deiner Tage müde bist. Die Ebene ist das, was uns hier zusammenfinden lässt. Schwer zu erklären, was die Ebene wirklich ist. Jedenfalls wird die Ebene von den Füchsen gehütet, und auch die Macht der dunklen Nacht ist sehr viel geringer als sie. Weißt du, die Ebene ist weder gut noch böse, noch Helfer oder Feind, lässt man sie in Ruhe. Falls du sie siehst, folge dem, was sie von dir will! Du solltest wissen, die Ebene ist die Messlatte der Zeit. Sie macht aus der Gegenwart das, was ist und zerrt das, was nicht ist, in Erinnerungen. Die Ebene regiert die Welt. Selbst die Macht der dunklen Nacht kann nicht den geringsten Anspruch erwägen, gegen das, was die Ebene nicht will. Manche Wichte nennen die Ebene das Vermächtnis der Gezeiten. Bist du der Ebene Freund, gibt sie dir die schönen Erinnerungen als deine Gegenwart zurück. Zweifelst oder haderst du mit der Ebene, hegst missfallenden, misstrauischen Argwohn gegen sie, grollt sie, und Gesteinsbrocken rollen aus ihr.

Die Brocken begraben deine Freuden unter etwas wie Schutt und Asche. Du selbst musst bestimmen, was dir wichtig ist, das Eben und Jetzt, oder all das, was früher war.

Das, was du in der Ebene siehst, nimm ernst! Vertraue dem, was du siehst! Belächle diese Schau deiner inneren Ordnung nicht! Sei nie hochmütig und eitel zu dem, was sich dir in dieser Dimension zeigt. Das ist wichtig, ob du von der Ebene erneuert wirst. Erneuert wirst du, findest du Gefallen an den schönen Bildern. Diese Bilder führen und fügen dich in eine neue Welt, deren Herrschaft und Regierung nur dem obliegt, dem sich die Ebene als Freund zeigt. Schaue nicht solche wie Zorn und Eitelkeiten, die geben dir keine guten Tage.

Fürchte dich nicht vor der Ebene! In den Weiten der Ebene kannst du regieren und König sein. Du musst kämpfen, deiner Talente Fügung und deiner Liebe zu dir in deinem Ich stets treu ergeben sein, sonst verlierst du dieses Königreich, und statt Herrscher wirst du Sklave niederer Mächte sein und keinen Gefallen haben an diesem neuen Land, das eigentlich nur für dich die Blumen blühen lässt. Diene diesem Land nach deinen Kräften und dir wird stets Glückseligkeit bestellt! Die Füchse sind der Ebene untertan. Das

Gefährliche ist, wann die Füchse springen. Diese Füchse können springen, weiter und höher als jedes andere Tier. Von Hunger getrieben, springen sie schneller als die Zeit. Die Füchse fürchten nicht einmal das Feuer. Sie springen viel zu schnell, als dass das Feuer sie greifen könnte.« Fibus senkt müde seinen kleinen Vogelkopf.

An einer Anhöhe, die aus dem Wald heraus führt, tritt eine zierliche Gestalt hinter einem alten, breiten Baum hervor. Eine mürbe, dumpfe Akustik umgibt das kleine Wesen. Ein dicklicher Wicht, mit wulstiger, runder Nase und seltsam spitzen Ohren, schleift schweren Schrittes über die Anhöhe. Der Wicht, mit Namen Barlow, seufzt unentwegt und hustet heiser. Mit Tränen in den Augen guckt er bedächtig in die Dämmerung und schluchzt.

»He, du, nimm mich mit!«, piepst eine mickrige Stimme aus den Büschen.

»Wer bist du? Willst du mir etwas rauben? Ich habe nichts!«, erschrickt Barlow.

»Aber nein! Wir sind hier, um dich zu begleiten!«, säuselt es im Wind.

»Hört auf! Wer seid ihr? Was wollt ihr? Scharlatane und Taugenichtse seid ihr! Ihr wollt mir mein mühsam gesammeltes Abendbrot klauen! Fort von hier, verschwindet!«, erzürnt Barlow.

Mit grimmigen Grimassen guckt Barlow um sich. Die, die er meint, sind nicht zu sehen. Fortan vernimmt er das leise Flattern kleiner Flügelschläge. Er huscht hinter eine alte Eiche am Hang, und gellend gelber Blütenstaub einer Birke berieselt ihn. Barlow zupft Blätter aus seinem wuscheligen, zerzausten Haar. Vom fernen Ende eines Weges watschelt eine Gestalt im abendlichen Gegenlicht, dazu ein Flattern von Flügeln.

»Wir wollen mit dir zu den Wichten, in die Siedlung!«, spricht die Stimme aus den Büschen erneut.

Fibus und Edwin treten aus den Büschen zu Barlow hin. Neugierig hält Barlow seinen Kopf etwas schief. Er hat leuchtend blaue Augen, die einen sofort in ihren Bann ziehen. Barlow sieht zu den beiden und sein ganzes Gesicht weitet sich in ein nettes Lächeln.

»Zu den Wichten? Na gut, ich bringe euch dorthin. Ich suche mein Licht. Habt ihr es gesehen? Es saust ständig fort und vertreibt sich die Zeit mit Unholden, alten, zerrupften Schmetterlingen und einflügeligen Fliegen. Mein Licht lungert in morschem, altem Holz, Fallobst und labt sich an säuerlichen Süßem.

Der Sog der Dunkelheit lässt mich nicht los. Ich brauche mein Licht, sonst sehe ich nicht gut. Der, dem das Sehen gefällt, der ist schön! Hört ihr die geschwätzigen Schwalben und den Falken, der nach Beute späht? Es wird Zeit, aus dem Wald zu verschwinden.« Barlow nimmt seine Mütze ab und hält sie mit beiden Händen fest. Mit seinen wulstigen, großen Händen klammert er an der Mütze, als hätte er in der Mütze sein ganzes Hab und Gut versteckt, oder etwas zu verbergen.

»Meine Freude, sie nenne ich mein Licht, hat mir eine Eule aus der Mütze gestohlen. Die Eule hat sie in eine Laterne gesperrt. Von Zeit zu Zeit lässt die weiße Eule sie ziehen, meine Freude, und sie kommt zurück zu mir. Ich verstecke sie unter meiner Mütze. In der Mütze will sie nicht lange bleiben und will zu ihren neuen Freunden. Neuerdings mag sie besonders gern die Fledermäuse, die sehen nicht gut. Sie hilft ihnen beim Suchen ihrer Fliegen. Selten kommt meine Freude in meine Mütze zurück und verweilt. Sie hat sich an die Eule gewöhnt und will nicht zu mir zurück. Die

Freude, wie ich sie meine, sieht aus wie ein heller Funke. Es gibt Alte in der Siedlung, die nennen die Mützenlichter auch die ewigen Lichter. Seit die Eule meine Freude gestohlen hat, ist sie furchtbar dick geworden. Mit meiner Freude kann sie die Mäuse nachts viel besser sehen und jagen. Die Eule frisst sich satt und satter an den vielen Mäusen, die sie mit Hilfe meiner Freude problemlos findet. Ach, was rede ich. Wir müssen los!«, stammelt Barlow nervös.

Eine große Traufe Bienen schwirrt vor ihnen. Die Traufe Bienen löst sich auf und setzt sich auf Barlows Schultern. Erst ein paar wenige, schließlich mehr und mehr, bis die Traufe Bienen komplett Barlows Schultern und seinen Kopf bedeckt. In dem Wust aus surrenden Bienen sind nur noch seine Augen und sein Mund zu erkennen. Barlow muss einmal kräftig niesen und die Bienenhorde saust weg.

»Haben sie Honig?«, glotzt Barlow mit leerem Blick.

»Keine Ahnung, ob sie Honig haben«, nichts wissend hebt Edwin die Schultern.

»Nachts kann ich im Wald nicht bleiben. Die großen, weißen Nachteulen und natürlich die Füchse, du weißt, sie sind eine Gefahr.« Barlow kniet nieder, legt sich hin und kauert am Boden.

Er wühlt sich in das Laub. Tränen kullern über seine mit Erde verschmierten Wangen.

»He, du! Schläfst du jetzt?« Edwin setzt sich zu Barlow.

»Kennt ihr die Finsternis, die nicht dunkel ist? An jedem Abend im Wald, wenn der Mond sehr helle steht, die Vögel aufhören zu singen und der Nachtvogel den ersten Schrei tut, weiß ich, es ist Zeit sich aufzumachen zu den Wichten in die Siedlung.« Barlow setzt sich die Mütze wieder auf.

»Es ist die Macht der dunklen Nacht, die mich holen will. Sie ist schwärzer und dunkler als jede Nacht, die du dir vorstellen kannst! Mein Blick ist trüb und die Macht der dunklen Nacht zieht mich in ein dunkles Verlies aus uralten Gemäuern. Zeigt die Sonne sich und kommt in den Tag hinein, zerbröseln diese Mauern, rieseln wie Sand durch meine Hand. An einem solchen Morgen ist alle Freude wie zerronnen und weggeblasen vom Wind, nach irgendwohin. Nicht einmal die Erinnerung daran bleibt übrig. Der Staub aus dem Sand trübt dir die Augen. Weckt die Sonne dich aus diesen zerknitterten, kalten Falten, die der Staub auf deine Haut gibt, löst sie mit ihrer Wärme die Krusten der Finsternis, dass du wieder sehen magst.

Solch eine dunkle Nacht schwächt dich, für immer. Schreit der Nachtvogel, ist das der Anfang vom Ende, dessen, was nicht ist und dich zerstören will. Die Macht der dunklen Nacht ist eine Finsternis, die nicht wirklich dunkel ist. Sie ist das, was dir die Seele raubt. Niemals werden die Teile deiner Seele, die die Macht der dunklen Nacht raubt, wiederkehren.

Das Beste wird sein, wir verschwinden in die Siedlung. In hellen Mondnächten, wo die Luft so klar ist, dass jeder Atem sie einzuatmen dich erfüllt, dass es keiner Worte mehr bedarf, diese Nächte sind gut. Doch die Nacht, die bitterkalt und von Nebel schier eingeschäumt erscheint, die nass und düster ist, in dieser Nacht sollte keiner draußen sein. Solch eine Nacht ist keine gewöhnliche Nacht.

Sie holt mich immer wieder ein, gibt an nichts einen Segen und nimmt mir jede Lunte weg. Diese eine Nacht stiehlt dir den Glanz aus den Augen und macht deinen Blick trüb und leer, dir wird nicht warm ums Herz. Die Macht dieser dunklen Nacht ist zerbrechlich und kalt, kälter als Schnee und Eis. Sie nimmt deine Wünsche, Erinnerungen in einen dunklen Quader aus kaltem, schwarzem Eis. Den schwarzen Eisblock stellt sie hin auf ein Podest, wo der langsam schmilzt. Das Geschmolzene ist wie schmieriges, altes Öl. Darin ist das, was du glaubtest, was dir wichtig ist im Leben. Du bist nicht fähig es zu betrachten, während darauf Fliegen ihre Eier legen, und aus den Eiern wachsen dunkle Maden. Diese Maden spinnen sich in ein Gewebe aus Trotz und Zorn. Dieser Trotz und Zorn packt dich an. Statt Schmetterlingen im Bauch fühlst du fette, träge Larven, die deine Verdauung plagen. Aus den Maden schlüpfen schwarze Falter, die kaum atmen, sich zur Ruhe legen und bald sterben.

Die Macht dieser Nacht ist ein dunkles Treiben, das nicht klingt, und jeglicher Klang wird weggespült in die Wogen einer schwarzen Finsternis. Die Wellen darin wiegen heftig auf und ab und deine Kräfte schwinden, in dieser Strömung aus ungewisser, schwarzer Einsamkeit. Du hoffst, dass sich die Wogen glätten mögen. Verbünde dich niemals mit dieser Macht! Außer Hohn und falschen Eitelkeiten gibt sie dir nichts. Gehe ihr aus dem Weg und du kannst ein gutes Leben finden!« Barlow wendet sich kopfschüttelnd ab.

»Edwin, du hältst einen guten Abstand. Es war dumm, ich war draußen in solcher Nacht, als kein Mond zu sehen war. Das ist verboten! Ich wollte sehen wie sie ist, diese Finsternis. Den unausweichlichen Rausch des Dunklen sehen. Leider lässt es mich nicht mehr los, das Zerren und Ziehen dieser Nacht, die mich einfach angepackt hat, mit ihrer kalten, dunklen Kraft. Sie hat ihre Kälte über meinen Nacken gestreift, im kalten Sein aus gefrierendem Schein, dass mir jeder Atem stockt. Wo ist mein Hören geblieben, das brav sich einen Weg in den vielen Klängen sucht? Sind meine Ohren taub oder kann und will ich nicht mehr hören? Was ist los mit mir? Meine Stimme verblasst, wird rau und heiser. Ich spucke und verschlucke mich. Auch das sieht und hört niemand. Ich werde ganz, ganz leise. Eine letzte Träne ist zu sehen, die in den Ruß am Boden fällt. Ich kann die Welt nicht tragen und die Welt trägt nicht mich. Es ist nicht, dass sie mir etwas nimmt, diese Macht der dunklen Nacht. Sie zieht mich nur ständig hinein in ihr wirres Ziehen, etwas zu finden, was kein Tag dir je zu zeigen vermag. Da ist nichts und dieses Nichts macht dich dünn und müde.

Ich bin selbst schuld, habe mich hingestellt auf das Podest der trügerischen Bühne, die der Vorhang aus Dunkelheit in dieser Nacht mir frei gegeben hat. Ganz famos, dachte ich. Eingebildet und getrieben von Eitelkeit verkündete ich den Text, der dort geschrieben stand, und merkte nicht, es ist die Anklageschrift gegen mich. Ein letztes Wort ist verkündet gegen mich, aus meinem eigenen Munde. Tatsächlich habe ich es gelesen, das Urteil.

Was das Urteil ist? Die Macht dieser Nacht will mir jede Freude nehmen. Das Urteil habe ich zerrissen, dass keiner mehr diese Nachricht liest. Mir fehlt die Liebe. Willst du das Leben sehen, brauchst du die Kraft der Liebe.

Leider kann ich kaum noch lieben. Die Fänge der Liebe greifen anderswo, hier nicht. Was sie will, die Macht der dunklen Nacht. Sie will die Macht über alles und jeden. Die Füchse sind ihre Ergebenen. Sie werden die Wichte jagen. Die Wichte haben ihre Mützenlichter, die sich um sie sorgen, und ein jedes hat die Kraft inne, einen Fuchs wenigstens für eine kurze Weile abzuwehren.

Die Lichter können sich frei bewegen, sausen hin und her, wie es ihnen gefällt. Sie sind manchmal lieblich, lustig, anschmiegsam und ein anderes Mal träge und faul, wie ein alter Esel. Jedenfalls eines tun sie immer, sich um den jeweiligen Mützenträger kümmern, dass der keinen Schaden nimmt. Sie sind Engeln gleich, ein Bündel Licht, das Schabernack treibt, reden kann und in jedem Fall ein guter Freund ist, der tröstet und Zuflucht gibt. Ist das Licht bei jedem Wicht, scheinen die Wichte unbesiegbar. Das Einzige, was ihnen schaden kann, ist die Macht der dunklen Nacht und die, die sich ihr anvertrauen. Und natürlich die Füchse sind den Wichten ein Feind. Nicht einmal die Mützenlichter haben genug Kraft, auf Dauer den Füchsen standzuhalten. In der Siedlung sind die Wichte vor den Füchsen geschützt.

Die Mauer um die Siedlung scheint für die Füchse unüberwindbar. Wie ein unsichtbarer Wall, ein Netz aus guten Kräften wehrt sie die Füchse ab. Geblendet von einem Schein sind die Füchse vor der Mauer schier bewegungslos. Das gierige Glühen ihrer hasserfüllten Augen fällt wie im Spiegel auf sie zurück. Das Geblendetsein ist es, was die Füchse abhält, über die Mauer zu springen.

Es kostet viel Kraft, jeden Tag wieder neu zu sehen. In den Wald muss ich jeden Tag zurück und will Beeren sammeln. Wovon soll ich sonst essen?« Barlows blaue Augen sind weder strahlend noch leuchtend.

»Nimm uns mit in die Siedlung!«, bettelt Fibus.

»Wo ist meine Freude hin? Ich meine kein Gold und Silber. Vielmehr vermisse ich den Glanz der schönen Dinge, den Elan, die Freude eben. Das gewisse Etwas, das, was schön ist, fehlt. Das fehlt, was man als ewig wert erwählt, den Geruch der frischen Luft, das Neue, das den bestimmten Platz sich nimmt, den Glitter des Ruhmes, der die Türe öffnet, um hereinzubitten, möchte ich. Verstehst du mich? Mein Blick ist trüb. Was bin ich froh, dass ich jeden Abend bei den Wichten in der Siedlung Schutz finden kann. Sie sind sehr freundliche und hilfsbereite Wesen. Was würde ich nur ohne sie tun. Jeden Abend bieten sie mir eine feine Unterkunft an. Auch für Mahl und Trank ist stets gesorgt. Sie werden niemals müde, einem Gastlichkeit zu zeigen. Dabei bleiben sie stets freundlich und lächeln. Ja, sie verbeugen sich, nimmst du bereitwillig, was sie dir schenken. Ein seltsames Volk, die Wichte, wie ich finde. Manchmal finde ich nicht den Weg in die Siedlung und muss nachts draußen bleiben. Trifft mich der erste Hauch der Dämmerung, ist es um mich geschehen.

Ich muss zur Katze werden, sonst ließe mich der Sog des Dunklen in Asche zerfallen, dass meine Kreatur dahin ist. Nichts wäre noch übrig von einem Barlow, außer Dreck und Humus. Ich verwandle mich kurzerhand in eine Katze. Das ist der einzige Spuk, den ich treiben kann. Bin ich eine schwarze Katze, laufe ich auf den Mauern und gehe auf den Dächern spazieren. Ich treffe all die anderen, die sich zu Katzen machen, die fauchen und kratzen. Als Katzen passiert uns nichts in den Nächten. Aber immer Katze sein, das will ich nicht.« Barlow wendet sich ab, summt und singt.

Er singt ein Lied von solch fesselnder Klarheit, dass kein Tier weit und breit sich diesem Klang entziehen kann.

»Eine kleine Katze leise, springt auf einen Baum. Windet sich geschickt von Ast zu Ast. Man hört sie kaum. Fasst mit ihren Krallen fest die Borken an, dass ein lautes Knarren gar nie passieren kann. Blattwerk nimmt die Sicht und ein kleines Sausen, Piepen, gibt dir anzudeuten, dass sich was bewegt, dort oben. Lauschen Ohren spitz wie hell und vernehmen, das ist von Vögeln, dieses Geträll.« Ein paar Schritte wiegt Barlow vor und zurück.

Barlow tanzt wie ein Schelm. Aus seiner Tasche kramt er eine kleine, geschnitzte Flöte. Mit der Flöte spielt er eine Melodie. Immer mehr kleine Waldtiere, solche wie Kaninchen, Hamster, Maulwürfe, und eine fette Henne finden sich ein und lauschen gebannt dem Lied. Eine Echse und irgendwelche Nachtfalter quengeln. Entlaufene Katzen, Ratten und Molche werden angelockt, vom Klang der Melodie.

Die Tiere hören Barlows Lied und drehen sich. Von der Melodie gebannt, quietschen und säuseln sie im Kreis. Langsam werden die Tierchen ungeduldig und unruhig, je länger das Lied dauert. Barlow lässt ab von seinem Spiel und der letzte Ton verlischt in die Ferne hinein. Eine ganze Horde verwahrloster und strubbeliger Kleingetiere springt zu Barlow. Die Tierchen lauschen auf das Schreien der Nachtvögel, die in der Ferne um Beute streiten.

»Ah und oh!«, jammert ein alter Dachs und die Tierchen fiepen.

»Barlow, singe noch einmal dein Lied! Das klingt so schön!«, bittet eine Ente.

»Hört auf mit eurem Unfug! Haltet eure Plätze und seid ruhig! Ihr sollt Stille halten und nicht so nervös hin und her rennen!« Barlow wird wütend.

Kein Mucken und kein Mäuschen ist zu hören. Die Tierchen huschen hurtig an ihre Plätze und verhalten sich ruhig. Barlow streckt zu Fibus und Edwin ein Körbchen hin, voll mit Waldbeeren. Beide nehmen sich ohne zu zögern von den leckeren Früchten. Die Tierchen sammeln sich zu einer Gruppe und rennen mit Murren in den Wald.

»Ich weiß, ihr flieht vor den Füchsen der Ebene. Die Füchse sind schneller als die Zeit, springen in Windeseile über jedes Gebirge, jeden Fluss hinweg, und selbst über ihren eigenen Schatten. Bei mir seid ihr sicher. Die Wichte haben die Füchse mit Beutesuppe gefüttert. Für ein paar Stunden geben sie Ruhe. Die Beutesuppe ist ein Gebräu aus Wasser und Brot, mit fein verlesenen Federn, halb braun, halb weiß. Es ist ein deftiges Süppchen aus Wasser und Erde, dazu Mehl von Steinen, fein gerieben. Das Gesteinsmehl, von den Wichten liebevoll Sternensand genannt, gibt der Suppe eine recht eigenwillige Farbe und Würze. Die Suppe wird von den Wichten in getöpferte Schalen gefüllt und in den Wald gebracht.

Jeden Morgen holen die Wichte die leeren Schalen zurück. Haben die Füchse dieses Gebräu gefressen, werden sie müde. Satt gefressen, ruhen sie im Schatten der Mittagssonne unter den Bäumen. Dort fangen die Wichte sie ein und bringen sie in die Siedlung. Kommt her, ihr zwei! Ihr könnt auf meinem Mondelch reiten!« Er singt noch einmal, dabei dreht er sich tanzend.

»Was tun die Füchse in der Siedlung? Ihr könnt sie nicht bändigen! Sobald sie wach sind, werden sie mit den Pfoten in den Grund reiben, bis sich Feuer entfachen. Ihr könnt sie nur einsperren, schlafen sie. Das ist totaler Unsinn, die Füchse mit in die Siedlung zu nehmen. Genau dort sollen sie nicht hin!«, Edwin drückt sich Falten in den Bauch, ihm ist schlecht.

»Nein, mein Kind! Die Füchse schlafen solange, wir es wollen. Im Schlaf können wir ihr Fell streicheln. Sie haben wunderschön glänzendes Fell, mit blauen fluoreszierenden Streifen an den Ohren. Streichelst du sie im Schlaf an den Stellen an den Ohren, werden sie zahm und die blaue Farbe schwindet aus dem Fell. Das seltsame aggressive Leuchten an den Ohren erlischt, und der Grimm aus den Knochen der Tiere. Die Tiere sind besetzt von der Macht der dunklen Nacht. Sind sie besänftigt, sehen sie wie große Hunde aus. Wir nennen sie Füchse. Aber sie sind keine Füchse. Es gibt fünf ihrer Zahl und sie sind etwa so groß wie die Kälber. Manchmal kannst du ihre Nähe sehen, siehst du an ein

Kreuz. Kurz vor acht, wenn die Kinder schlafen gehen, werden die Füchse manchmal schwindend klein und flüchten in die Wunden Christi. Weißt du das? Du kannst es nicht wissen. Sie sind Höllenhunde, die Gier aus den Lanzen hat sich gespalten in diese Tiere. Pass auf und lass dich nicht von ihnen erwischen. Sind sie zahm, bleiben sie ein Weilchen bei den Wichten, wollen heimlich an die Mauer und sind nach ein paar Tagen durch Ritzen in den Fugen nach draußen verschwunden. Draußen laden sie sich wieder auf mit der negativen Kraft. Die Lichter der Wichte halten sie fern!«

Barlow ist müde und legt sich hin.

Krypta und ihre Schwestern

Ein Mondelch steigt aus den Büschen und frisst von den frischen, grünen Trieben einer Hecke. Der Mondelch sieht aus wie ein Elch, mit wesentlich längeren Beinen und größeren Hufen. Er hat blaues Fell, mit gelben Punkten. Das Geweih ist leicht grünlich und die Schnauze ist rosa. Zwischen dem Geweih hat der Mondelch ein kleines silbernes Horn.

»Der Klang des Horns ist magisch!«, spricht Barlow, mit erhobenem Zeigefinger.

Die Mondelche verlieren alle drei Jahre dieses silberne Horn. Die Wichte sammeln die abgeworfenen Hörner ein, um damit Klänge zu trällern. Normalerweise hat jeder Mondelch ein kleines Eulentier bei sich. Das zupft dem Mondelch die Läuse aus dem Fell. Von Mondlicht geblendet, waten die Mondelche umher und schrecken kleine Mäuse auf. Diese werden von kleinen Eulen erspäht und im Sturzflug gejagt. Ein Mondelch ist leider etwas dumm und läuft immer in Richtung Mond.

»Der Klang aus dem Horn wehrt die Füchse der Ebene ab!«, triumphiert Barlow.

»Das juckt entsetzlich!« Edwin kratzt sich am Knie.

»Hat dich eine Mondelchlaus gebissen? Die Läuse der Mondelche sehen unheimlich aus. Die Zähnchen stehen hervor, ein bisschen Überbiss eben. Manchmal zwicken diese Läuse in die Waden. Das ist sehr unangenehm und juckt. Ein paar Nüsschen beruhigen ihre hitzigen Gemüter. Vorsicht beim Füttern sei dir geraten! Gibst du ihnen von den Nüsschen, wollen sie alles Futter, das du bei dir hast. Wirf die Nüsschen zu ihnen hin! Lass sie niemals aus der

Hand fressen! Egal, ob sie zutraulich und niedlich wirken, sie schnappen nach dem Futter und zwicken dir in die Finger. Sei auf der Hut vor dem Schatten dieser Läuse! Trifft der dich, klebt er an dir fest, dass du kaum noch laufen kannst. Zum Glück trifft man diese Läuse nur im Frühjahr. Den Rest des Jahres verkriechen die Läuse sich in ihren unterirdischen Bauten. Sieh einer Mondelchlaus nie direkt in die Augen, das macht sie wütend.« Barlow geht zu seinem Mondelch, auf dem Fibus sitzt.

Er ruft Edwin zu sich herbei, bläst in sein Horn und sattelt den Mondelch. Edwin setzt sich in den Sattel zu Fibus und sie reiten auf dem Mondelch in den Wald hinein. Nach dem Wald ist die Siedlung. Die Luft im Wald riecht nach Nadelhölzern wie Tannen, Kiefern, nach Baumharz und Erde. Barlow führt den Mondelch auf schattigen Pfaden, um nicht für die lauernden Greifvögel sichtbar zu sein. Bussarde und Falken sind die größten Feinde der Wichte.

»Ein altes Sprichwort sagt, bei Gewitter und Regen suche die Buche, meide die Weide, weiche der Eiche und finde die Linde!«, schmunzelt Barlow spitzbübisch.

Sie treffen drei Eichhörnchen, die je eine riesige Nuss in den Pfoten halten.

»He, ihr! Habt ihr für uns etwas zu essen?«, munkelt Barlow.

»Nein, eigentlich nicht!«, erwidert eines der Eichhörnchen.

»Wir haben nur das zu essen, dass es für uns selbst reicht. Bei deiner Größe brauchst du mindestens hundert Nüsse, um satt zu werden«, japst ein Eichhörnchen.

»Lasst uns zu dem Baum mit den Nüssen gehen und mich selber sehen, ob der Baum genügend Nüsse hat«, spricht Barlow, in einem missbilligenden Ton.

Dem Eichhörnchen glaubt er nicht, was es sagt.

»Das ist der Baum!«, ruft das Eichhörnchen.

Überall, wo sie hinsehen, sind nur Blätter und Äste.

»Los, Freunde, klettern wir nach oben!«, ermutigt Barlow die anderen.

»Wartet auf mich!«, ungelenk steigt Edwin vom Mondläufer.

»Was wollt ihr hier?«, säuselt ein Stimmchen im Wind.

»Für die beiden etwas zu essen suchen!«, singen die Eichhörnchen im Chor.

»Nein, die Nüsse sind nur für die Eichhörnchen!«, spricht es vom Baum herab.

Die Blätter des Baumes tummeln sich im Wind. Von unten ist keine einzige Nuss zu sehen. Selbst die flinken Eichhörnchen, die auf den Baum klettern, schaffen es nicht, hinter das dichte Blattwerk zu gelangen.

»Nein, nein, nein!«, tuscheln die Blätter.

Der Wind schüttelt das Blattwerk.

»Habt ihr die Nüsse?«, ruft Edwin nach oben in den Baum.

»Leider nicht!«, wimmelt ihn ein viertes Eichhörnchen ab.

»Ihr müsst Beeren suchen! Der Baum gibt euch die Nüsse nicht!«, meint eines der Eichhörnchen.

Die Eichhörnchen schnippen sich zu und springen flink in den dichten Wald hinein. Die Brombeersträucher, die den Wegesrand säumen, haben längst ihre Blätter und Blüten ausgetrieben. Hummeln und Bienen fliegen sanft brummend von einer weißen Brombeerblüte zur nächsten. Edwin beobachtet das stille, fleißige Treiben der kleinen Tierchen, als ihn von oben etwas trifft.

»Autsch! Was war das?«, murrt Edwin.

»Verflixt! Das tut weh!« Edwin nimmt seine Mütze ab und fasst sich an den Kopf.

Kleine Fledermäuse haben sich hinter den Rinden einer Eiche versteckt und fiepen. Ein Specht klopft beharrlich in das Holz der Eiche. Edwin und Fibus sind vom Mondelch geklettert und stehen inmitten eines großen Schattenkegels. Über ihnen ist ein riesiges Blätterdach. Der Mond ist längst aufgegangen und hat seinen Platz hinter den Bäumen gefunden. Das Licht der abendlichen Sonne reicht aus, um sich im Wald gut zurechtzufinden.

»Was ist los?«, blickt Fibus fragend zu Edwin.

»Mich hat etwas getroffen!«, ruft Edwin.

»Fapsch!«, trifft es ihn wieder!

»Was ist das?« Edwin blickt erschrocken nach oben.

In der Baumkrone ist nichts zu sehen, außer Blättern und Ästen. Die Blätter rascheln, der Wind hat sich darin verfangen. Aus dem grünen Blätterdach raschelt es, als ob jemand etwas zu sagen hätte, nur was? Das Säuseln klingt wie ein sanftes Summen, fast wie Wiegenlieder. Kleine Äste brechen und ein paar Bröckchen Baumrinde lösen sich vom Baum. Nach und nach fächern sich die Blätter des Baumes auf. Edwin kann nicht erkennen, was hinter dem dichten Blattwerk ist.

»Wumps!«, von oben kommt etwas kräftig gesaust und landet im Waldboden.

Ein paar Rehe schauen verdutzt aus dem Dickicht. In einem Hagel fallen jetzt Eicheln von dem Baum und treffen neben Edwin in den Boden. Edwin spürt ein luftiges Wesen, das wie leichte, sanfte Nebelschwaden um ihn schwebt, ganz zart. Ihm ist, als möchte ihn der Nebel durchdringen, ihn sanft heben. Edwin fühlt sich leicht wie eine flaumige Feder, die der Wind mitnimmt.

»Jetzt reicht es! Was soll das! Jemand wirft diese Eicheln!«, ärgert sich Edwin.

Vorsichtig blickt Edwin in die Baumkrone und sieht einen dunklen Schatten, der von Ast zu Ast schwingt.

»Patsch!«, ehe Barlow zu Ende redet, landet die nächste Eichel neben ihm im Gras.

»Es ist Krypta, die uns bewirft! Sie treibt einen Ulk mit uns, einen bösen Schabernack. Krypta ist eine verwunschene Waldelfe und der älteste Baum, die Eiche ist ihr Zuhause«, weiß Barlow.

In der Eiche taucht aus dem Nichts ein zierliches Mädchen aus dem Nebel auf. Kaum war sie gesehen, ist sie wieder in die mächtige Krone des Baumes verschwunden.

»In den kleinen Pfützen an der Lichtung ruhen die Schwestern, bis sie in der Morgendämmerung in die Lande ziehen.

Die Schwestern sehen wie flügelhafte Wesen aus. Sie sind durchsichtig, tragen Kleider aus zarten Spinnfäden und aus Tau. Sie verstecken sich im Nebel oder im Regen. Der Regen stört sie nicht und ist ihr Element. Jeden Abend kehren sie zurück zu den Pfützen und ruhen bis zum Morgen. Die Schwestern, fast unsichtbare Kreaturen, sind eher klein. Die morgendliche Sonne nimmt sie in kleinen Dunstwolken aus den Pfützen. Im Morgendunst ziehen sie zu Krypta hin, schweben in die Baumwipfel, wecken Krypta und verschwinden mit dem Nebel«, meint Barlow.

»Welche Wolkenschwestern? Ich weiß nicht recht, ob ich dir glauben kann. Jedenfalls bin ich müde. Vielleicht sehe ich morgen eine deiner Schwestern.« Edwin sucht sich ein Plätzchen für ein kurzes Nickerchen.

»Fewla ist die größte der Schwestern. Sie hat Magie. Die Flüsse liegen ganz ruhig, bis ein Klang wie eine Sirene heult. Der Klang streift über das prickelnde Wasser. Gischt schwappt aus den Flüssen und eine gigantische überschäumende Welle zischt aus den Wassermassen. Das brodelnde Wasser formiert sich zu einer Gestalt aus Gischt und Priel, löst sich aus dem Wasser und geht in die Lande. Es ist Fewla, ihr folgt ein weißer Tiger aus Schaum. Der Tiger eilt ihr in anmutiger, prächtiger Eleganz hinterher. Um sie beide ist stets ein eigenwilliges Rauschen. Fewla hat die Kraft inne, das zu lenken, was gut und böse sich nennt. Sie ist stets bemüht das Gute zu führen, hält sie es für nötig!«, sagt Barlow und faltet seine Hände vor dem dicken Bauch.

»Krypta hatte gezweifelt, dass Fewla fähig sei, zu urteilen über gut und böse. Fewla hat sie verwunschen in eine langweilige, hässliche Waldelfe, die nicht mehr wie ihre Schwestern umhertollen, spielen, geschweige denn sich verwandeln kann. Krypta kann nur oben in den Baumkronen von Ast zu Ast hüpfen, den Boden wird sie nie mehr berühren.

Das ist der Fluch, der auf ihr lastet. Seit dem Fluch wohnt Krypta friedlich auf dieser Eiche und hat sich mit Mulch und Rinde ein schönes, warmes Baumhaus gebaut. Krypta war vor dem Fluch, den Fewla ihr auferlegt hat, eine der sieben Wolkenschwestern.

Die Schwestern wohnen im Winter in den Felsen bei den Mooren. Manch einer ist aus den Mooren nie wiedergekehrt.« Barlow rückt sich die Mütze aus der Stirn und spricht wieder.

»Manchmal sausen die Schwestern unbemerkt in die Siedlung, schweben über die Mauern und stehlen heimlich das ganze dreckige Geschirr. Leider haben die Schwestern etwas Spülhände, weil sie so viel spülen. Du musst wissen, Spülen und Putzen ist ihre Lieblingsbeschäftigung. Bis zum Morgen ist das Geschirr wieder blitzeblank zurück, und die

Stuben sind fein gefegt. Die Moore sind der Schwestern Lieblingsplatz. In den Mooren suhlen sie gern und ziehen sich abends dorthin zurück. Manche der Wichte nennen die Moore den Unkenpfuhl.« Barlow kämmt sich verlegen eine Strähne aus dem Gesicht.

»Hey, Barlow, kannst du mich sehen?«, fragt Krypta.

Krypta ist genau zu erkennen, wie sie oben im Baum sitzt. Sie trägt ein schwarzes Gewand, hat krauses, schwarzes, verlaustes und schmutziges Haar. Ihr Gesicht ist mit Ruß beschmiert. Um sie herum hängen in der Baumkrone mindestens ein Dutzend Fledermäuse, mit dem Kopf nach unten hängend. In der Baumkrone springt sie von Ast zu Ast.

Mit einem Mal lässt Krypta sich vom Baum fallen und fällt fast bis zur Erde. Kurz vor dem Boden bleibt sie wie von unsichtbaren Kräften getragen einfach in der Luft hängen. Krypta schwebt in der Luft und wird wütend, wie rasend. Sie stapft in voller Wut auf den vermeintlichen Boden, der dort gar nicht ist. Der Boden ist in etwa dreißig Zentimeter darunter. Das Gras unten stellt sich auf und wiegt sich hin zu Krypta, eine Bande knüpfend. Wie zwei Magneten, die sich abstoßen, so gelingt es Krypta nicht, den Boden zu berühren. Sie kann das Gras nicht fassen.

So sehr sie sich auch windet und gegen die unsichtbaren Kräfte ringt, dieser Eden ist nicht auszumachen. Der Boden will sie nicht, um all der Mühe bleibt es nur der Mühe wegen. Krypta greift wieder an einen Ast, ganz nah bei ihr, schlingt sich schwingend und drehend um den Ast, dass der fast bricht. Mit genügend Schwung springt sie in eine Astgabelung eines Baumes. Dort oben wirkt Krypta wie ein riesiger, schwarzer Vogel, zusammengekauert und erschöpft von dem Drängen, das zu tun, was ihr stets verwehrt bleibt, den Boden für sich zu nehmen.

»Irgendwann schaffe ich es und der Boden ist mein!« Krypta streift sich die verschwitzten, langen Haare aus dem Gesicht und zeigt ihre Augen.

Sie hat riesig große Augen. Die Farbe ihrer Augen ist schwarz und die Augen sind groß, fast wie von Pferden. Sie hat eine kleine Nase, die Gesichtszüge sind sehr fein und zart. Ihre Hände sind rissig und verschorft. Krypta hat sehr dunkle, mit Ruß beschmierte Haut. Sie hat große, kräftige, von Arbeit gezeichnete Hände, die sie fest geballt wie Fäuste gegen Edwin und Fibus hebt.

Sie streift ihr langes schwarzes Kleid glatt, das in schwarzen ausladenden, mit Öl verschmierten Falten an ihrem kleinen Körper klebt. Man kann ihre schwarzen Knie sehen. Krypta streicht sich das Haar aus dem Gesicht und den vielen Ruß, der mit schweren dunklen Rändern unter ihren Augen liegt. Aus Kryptas Nase tropfen kleine Tropfen. Das ist nicht etwa Blut, es ist schwarzes Pech. Sie wischt es weg und setzt sich an einen Baumstamm. Die Ellen an die Oberschenkel gebeugt, senkt Krypta den Kopf zwischen die Schultern und ihre vielen Haare gleiten nach vorne über, dass nur noch schwarzes Haar zu sehen ist, in das der Wind weht und vorsichtig eine Strähne um die andere hebt.

Kryptas Kleid ist am Bauch ein wenig zerrissen und der Nabel ist zu sehen. Hinter ihr hängt aus seidenen Fäden ein großes Spinnennetz. Eine dicke, schwarze Spinne sitzt im Netz. Viele kleine Fliegen um das Netz. Krypta windet sich mehr und mehr in dieses Spinnennetz, ziert sich damit wie mit schwarzen Spitzen. Das Gewebe wird dichter und dichter. Krypta sieht aus wie eine Raupe, die sich einpuppt. Über ihre linke Schulter kriecht eine braun und weiß gestreifte Schnecke. Krypta wirkt gefangen unter einem Schleier aus dunklem Garn. Ein Reh geht vorsichtig zu einem Vogelnest hin und boxt mit dem kleinen Geweih an das Nest. Bräunliche Eier fallen aus dem Nest in das weiche Moos am Boden. Sie zerbrechen.

Das gelbe Eigelb, das über die grünen Blätter tropft, lockt schnell die dunklen Fliegen an, die bei der Spinne saßen. Langsam beruhigt sich Krypta. Sie schweigt, schließt die Augen und nickt ein. Jetzt schnarcht sie. Das klingt wie das Zirpen der Grillen. Im Schlaf fallen ihre Hände langsam von ihr ab und aus ihrer Hand kullert eine Eichel. Diese trifft den Boden und ein warmer Schimmer zeigt sich auf den Blättern der Pflanzen ringsherum, der sich sonst nur zeigt, legt sich die warme Sonne auf die Blätter. Hier in die Niederungen kann kein Sonnenlicht dringen, das Blattwerk nach oben ist viel zu dicht.

Nicht der kleinste Sonnenstrahl kann hierher finden. Jetzt ist es weg, das bisschen Sonnenlicht. Stattdessen glänzt es auf Kryptas Haar. Edwin und Fibus wollen weiter den Weg in die Siedlung finden. Leise schleichen sie sich weg und lassen Krypta friedlich schlafen. Hinter den drei nächsten Bäumen, in Augenhöhe, leuchtet etwas.

»Was ist das?«, staunt Edwin.

Ein kleiner glühender Feuerball schwebt neben einer Birke und wirft ein helles, strahlendes Licht in die nähere Umgebung, entfacht kein Feuer um sich. Fibus geht zu dem hellen Ball hin, bleibt einen Meter vor dem schwebenden Teil stehen.

»Fibus, geh' weg da!«, mahnt Edwin den kleinen Vogel.

»Sag mir, was das ist!« Fibus starrt auf das Teil, das vor ihm schwebt.

Edwin zeigt keine Regung, der leuchtende Feuerball löst sich auf und ein Schweif aus Funken eilt fort. Fibus hopst Edwin auf die Schulter. Die beiden eilen zu Barlow, der mit dem Mondelch bereits am Anger steht und auf die beiden wartet.

»Ich kenne einen Weg, der uns sicher in die Siedlung bringt. Seht ihr den knorrigen, alten Baum? Der Baum wird uns den rechten Weg weisen. Es ist nicht, dass er mit euch spricht, der Baum. Ihr werdet die Zeichen der Zeit zu lesen verstehen. Vertraut mir einfach und macht, was ich euch sage!«, meint Barlow zu den beiden.

Edwin und Fibus tun, was Barlow ihnen geraten hat. Barlow nimmt seinen Mondelch an die Leine und führt ihn zum Baum. Dieser Baum ist der Baum der Ahnen. Am Baum lässt er den Mondelch ein wenig an den frischen jungen Trieben des Baumes fressen. Sein Fell wechselt die Farbe. Wie ein bunter Schmetterling ist er gescheckt, von rot, gelb, bis blau und grün.

»Von Zeit zu Zeit wachsen den Mondelchen kleine Schmetterlingsflügel an dem Rücken, fressen sie von diesem Baum der Ahnen. Fliegen können sie mit diesen Flügeln nicht wirklich. Nach ein paar Tagen fallen diese Flügel wieder ab. Die abgefallenen Schmetterlingsflügel lesen die Wolkenschwestern auf, stecken sie sich ins Haar und wedeln sich damit, an besonders warmen Sommertagen frische Luft zu.

Die Schwestern verbergen mit den Fächern ihr Gesicht und zeigen sich nicht den tölpelhaften Bauernburschen, die mit ihren Eselskarren nach dem Regen im Schlamm stecken bleiben. Stets halten die Schwestern ihr Gesicht hinter ihren farbenfrohen Fächern verborgen. Sie geben sich übertrieben albern. Sind die Burschen in der Nähe, erröten ihre Gesichter vor Scham. Kehren die Burschen heim, schweben die Wolkenschwestern zu den Mooren.« Barlow streicht sanft seinen Mondelch an den Ohren.

»Ihr wisst, was zu tun ist! Schaut euch den Baum genauer an. Könnt ihr etwas erkennen?« Mit schmollendem Blick wendet sich Barlow ab und geht mit seinem Mondelch zurück an den Anger.

Das Herz und die Rosen

»Das ist der Baum! Siehst du die Äste? Hast du ihre Form erkannt? Die Wolkenschwestern haben die Äste wie Herzen geflochten. Mit den Herzen rufen sie die Ahnen!«, sagt Barlow.

Fibus blickt in den Baum.

»Die Ahnen? Was sagen sie?«, will Edwin wissen.

»Die Seelen der Ahnen ruhen in diesem Baum. Bist du ruhig und stellst dich ihnen ohne Vorbehalt, zeigen sie dir einen Weg, der dich vor den Füchsen beschützt.« Fibus hopst um den Baum herum.

»Bist du sicher?«, zweifelt Edwin.

»Ganz sicher! Du weißt, ich lese die Zeichen der Zeit. Aus dem Herz in den Ästen schwingt ein Zauber, dass alles wieder wird, wie es war. Keine neuen Wege werden gefunden. Alles wiederholt sich. Zeigt das Herz im Baum die ersten Blätter des neuen Jahres, so öffnen sich neue Wege, was die Ahnen gerne billigen. Die Ahnen selbst kannst du nicht sehen.

Sieh dir den Baum genauer an, wie der Baum gepflanzt, gehegt und gepflegt worden ist, von denjenigen, die vor dir hier waren. Du wirst sie nach und nach in den Borken sehen, die sie ehemals vor dir hier standen und den Baum haben wachsen sehen, so wie du jetzt. Dass du das siehst, das ist der Ruf der Ahnen. Gehen wir einen anderen Weg! Lassen wir das Herz im Baum!«, Fibus plustert sich auf wie ein stolzer Gockel.

An den Ästen des Herzens treiben neue grüne Triebe, die zeigen kleine Formen, wie Klee.

»Das Laub aus dem Baum der Herzen öffnet dir die

Sinne. Mit den Blättern koche dir einen Tee, den trinke schluckweise!«, flüstert Krypta, die längst wieder erwacht und unbemerkt den beiden nachgeeilt ist.

Edwin pflückt ein paar der Blätter und einige der dunklen Beeren, die an diesem Baum wachsen. Die ausladenden Äste des knorrigen alten Baumes zeigen eindeutig eine Richtung, diejenige, die nach Osten führt. Eine Fledermaus fliegt irritiert um Fibus und Edwin herum und verschwindet direkt in die Mitte des Astgewindes des geflochtenen Herzens.

»Hast du das gesehen? Wo ist sie hin, die Fledermaus? Hat der Baum sie geschluckt? Wo ist es hin, das Tier?« Edwin streckt sich, stellt sich auf die Zehenspitzen.

Er kann die Fledermaus nicht sehen. Die Äste lösen sich aus dem Herzen. Wie die Hände eines hungrigen Bettlers strecken sie sich entgegen. Hinter einem breiten Ast schaut sie hervor, die Fledermaus. Fibus und Edwin haben längst genügend Abstand zu den Ästen.

Fibus hopst auf Edwins Schulter und zwickt sanft an sein Ohr. Sie schlendern in den nach Osten führenden Weg, der wieder in den Wald führt. Den nach Westen, wo das Herz in den Ästen liegt, lassen sie links liegen. Barlow trottet mit dem Mondelch gemächlich hinterher. Aus dem Dickicht steigt eine Traumblase wie eine Seifenblase auf. Lautlos schwebt sie, schillernd in Regenbogenfarben, zu Edwin hin und lässt sich auf Edwins Mütze nieder. Die Blase zerplatzt. Aus der Blase rieselt silbriger Sand.

Der Sand rieselt leise knisternd in den Waldboden. Am Boden formt sich aus dem Traumsand ein kleines Wesen.

»Wer seid ihr?«, eine der Schwestern ist es, die spricht.

Bis sie zu Ende spricht, hat ein Wind das zarte Wesen weggeweht, und ein unscheinbares Glitzern bleibt.

»Verstecken wir uns im Unterholz! Das ist ein Trugbild,

kein gutes Omen! Das ist nicht wirklich eine der Schwestern. Es ist die Versuchung der Gier! Sie lockt uns mit ihren sanften Reden. Wenn du ihr eine Antwort gibst, wird sie dir die Sprache nehmen!«, schnattert Fibus mit stockendem Atem.

Zwischen den Bäumen schweben erneut zwei weitere Blasen. Die erste Blase, aus der ständig Sand rieselt, sackt zusammen wie eine geplatzte Kaugummiblase. Aus dem Waldboden springen drei kleine Tierchen. Es sind Flöhe, die sind groß wie Stubenfliegen. Sie springen auf die zweite Blase und lassen sich mit dem Wind davontragen. Die Träumereien haben Edwin und Fibus, die sich verstecken, nicht entdeckt.

»Seht ihr den Rosenbusch, an der Weggabelung? Geht zu den Rosen! Sie werden mit euch reden. Sie weisen euch den Weg in die Siedlung!« Krypta spricht ernst.

Fibus flattert wild um Edwin herum.

»Gehen wir zu den Rosen!«, flüstert Fibus Edwin ins Ohr.

Aus dem Rosenbusch seufzt ein wimmerndes Weinen. Eine Wolkenschwester hat sich mit ihrem schönen Kleid in dem dornigen Rosenbusch verfangen.

An den Bäumen knabbert etwas. Was ist das? Ein Igel ist es nicht. Die Bäume beugen ihre weit ausladenden, mit vielen Nadeln und Tannenzapfen bewachsenen Äste. Krypta springt an einen der Bäume, der sich wie ein schützender Wall um den Rosenbusch drängt. Wie eine Katze krallt sich Krypta an den Baumstamm. Sie reißt ein Stück Rinde von dem Stamm und wirft dieses zu Edwin und Fibus. Unter der Rinde hat sie etwas entdeckt.

»Da sind Borkenkäfer, die werden uns den ganzen Wald kaputt machen. Besser gesagt, es sind die Larven.« Fibus fliegt an den Stamm und pickt sich ein paar der Larven.

Zufrieden schluckt er eine Larve in den Schlund.

»Schmecken nicht schlecht! Was für Leckereien!« Fibus reibt sich zufrieden den Bauch.

Er kann nicht genug kriegen von den Larven. Krypta macht große Augen und mimt eine Fratze wie die Zunge strecken. Sie wackelt mit den Zehen, stupst sich an die Nase und hebt die an. Sie tut überheblich. Krypta gibt sich wie eine eingebildete Dame.

»Was bin ich für ein vornehmes Fräulein!«, setzt Krypta mit schriller, überhöhter Stimme an.

»Krypta, lass deine arglistigen Albernheiten!« Fibus flattert zu Krypta.

»Über die eigenen Witze lacht es sich immer noch am besten!« Krypta patscht sich auf die Schenkel.

Sie plustert ihre Backen auf und bläst Fibus einfach weg. Fibus landet unsanft am Boden.

Krypta pflückt ein paar Blätter vom Baum und knüllt sie zu einem Bündel. Das Bündel wirft sie wie einen Schneeball in den Rosenbusch zu der weinenden Schwester. Jetzt lacht Krypta schadenfroh. Sie springt von Ast zu Ast in die Baumkronen. Geschützt von den grünen Blättern ist sie nicht mehr zu sehen.

»Das wirst du büßen!«, zürnt die Wolkenschwester, die bei den Rosen heult.

»Ach, die, viel Gerede, bla, bla, bla.« Krypta hat sich angeschlichen und sitzt auf einem Ast, knapp über Edwin.

»Vorsicht, Fibus!«, ruft Edwin.

Ein Eichelhäher kommt im Sturzflug geflogen. Fibus breitet seine Flügel aus und fliegt in einer engen Kurve in hohes Gras. Der freche Eichelhäher nimmt Kurs auf Krypta. Krypta ist viel zu schnell und verkriecht sich hinter kräftigen, großen Ästen. Der Eichelhäher kriegt sie nicht und sucht beleidigt das Weite.

»Wo willst du hin?«, summen fünf Rosen, die an den Rosenbusch gewachsen sind.

Der Wind wirbelt die Wolkenschwester aus dem Busch.

»Endlich, ich bin befreit! Diese eitlen, eingebildeten Rosen, diese gemeinen Blumen! Die Bienen, die kann ich nicht leiden!«, meckert die Wolkenschwester.

Die Bienen schwirren um die Blumen. Die Rosen versprühen einen betörenden Duft.

»Wir sind nun einmal die Schönsten! Dumme Wolkenschwester, die ist neidisch!«, meint eine Rose.

»Sie kann fliegen! Wir müssen immer hierbleiben! Wir möchten auch gerne in den Urlaub fliegen. Wo die schon überall gewesen ist, im Himalaya, in der Karibik und anderswo. In der Wüste wäre sie fast geblieben!« Die Rose deutet auf die Wolkenschwester.

»Ich weiß noch gut, wie du im letzten Jahr an uns vorbeigezogen bist, dich mit dem Wind hast stylen lassen, dem Anschein nach wie eine Rose. Der Wind hat dir eine tolle Mähne toupiert. Das wird dir nie gelingen, eine Rose zu sein. Du bist eine einfältige Elfe, die nicht weiter interessiert!«, ruft die älteste Rose zu der Schwester. Die Rosen kichern und nicken sich höchst einverstanden zu.

»Ich mache, was mir gefällt! Seinem Leben Wurzeln geben! Da lache ich! Was ihr mir neidet, ich kann fliegen! Meinetwegen sehe ich gestylt aus. Was geht es euch an! Ich habe Phantasie und kann sie zeigen. Das könnt ihr nie!«, sagt die Wolkenschwester.

»Oh, die große Dame spricht von Phantasie! Von wegen Phantasie, du wirst nicht gepflückt als Zeichen des größten Gefühls, der Liebe! Du wirst höchstens mit einer zu großen Staubfluse oder mit einem dreckigen Wischmopp verwechselt!«, lacht die kleinste Rose.

Die Blätter im Rosenbusch klatschen hämisch Beifall.

»Na, wartet, bis ihr wieder Wasser braucht! Bei den Pfützen werde ich es meinen Schwestern petzen, wie gar nicht nett ihr seid! Sie werden nicht kommen und euch gießen!

Die fliegen gerne zu anderen Blumen hin, nicht nur zu euch! Ihr werdet schon sehen! Ihr taugt höchstens noch als Trockenblumenstrauß, auf alten Kommoden, neben Garderoben!«, räuspert sich die Wolkenschwester.

»Das reicht jetzt, euer dummer Rosenkrieg!« Edwin mag nicht mehr mit den Rosen reden.

»Was mischst du dich ein!«, tuscheln und lästern die Rosen.

Das Grüppchen Blumen mit der Wolkenschwester wird quengelig und zornig, und trotzdem endlich leise. Die Wolkenschwester schwebt hin zu Edwin und kuschelt sich an ihn. Die Rosen sprechen einvernehmlich, welcher Weg in die Siedlung führt.

»Lass uns gehen!« Barlows Stimme richtet sich sehr klug an Edwin.

Aus dem Nichts kreisen nun ganz verschmitzt zehn kleine Mützenlichter um Barlows Haupt. Sie drängeln in seine Mütze. Barlow ringt sichtlich, dass ihm die Mütze nicht von seinen wuscheligen grauen Haaren fällt. Er wedelt mit der Hand um sein Haupt, um die kleinen Lichter wie kleine Schmetterlinge vorsichtig mit seiner Mütze in die warme Sonne zu legen. Das tut Mützenlichtern ebenso gut wie Schmetterlingen. Die Lichtchen ruhen auf der Mütze und sehen aus wie eine leuchtende Blüte. Die Blüte strahlt im feuchten Moos wie eine Wunderblume. Vom Licht gelockt, traben vorsichtig ein paar Rehe heran und lecken an der vermeintlichen Blume. Die Lichtchen huschen, erschreckt von den Rehen, in die Büsche hinein. Barlow steht jetzt inmitten von zehn kleinen Rehen, die ihn mit treuen, dunklen Augen ansehen.

»Liebe Rehlein, heute habe ich kein Futter für euch! Kommt morgen wieder!«, meint Barlow, mit einer Geduld in der Stimme, als sei es wie jeden Tag, dass die Rehe so bei ihm seien.

Er streicht sich zufrieden seinen Bart und nimmt die Mütze vom Boden. Die Rehe gehen vorsichtig zur Seite und machen den Weg frei für Barlow und seine Freunde. Die Rehe finden sich neben dem Weg ein wie Pfosten, die den Weg markieren, oder wie ein Spalier, das aus der Kirche in die Welt hineinlenkt.

Wie sie dort stehen, lassen sich die Lichter aus den Büschen auf den kleinen Köpfen der Rehe nieder, zwischen den Ohren, als seien die Rehe wie kleine Pferdlein anzusehen, die je ein Horn an der Stirne tragen.

Barlow setzt sich seine Mütze auf und weiß nicht so recht, was das soll, was die Rehe treiben.

»Barlow, die Rehe zeigen einen Weg! Komm, gehen wir durch die Schleuse! Was meinst du, was die Rehe tun?« Edwin spricht schnell.

»Wer hat sie gerufen, dass sie kommt, Endalia?«, flüstert Barlow, mit fistelnder Stimme.

Endalia ist die Mittlerin! Sie hat sich vor Jahren in einen Turm hoch oben in den Bergen zurückgezogen. Dort lebt sie mit ihrem Drachen.

»Endalia ist hier!« Hinter vorgehaltener Hand erschrickt Barlow.

Seine Stimme klingt anders als sonst. Sie klingt wie die Stimme eines sehr alten Mannes, der längst das Leben in all den Tiefen und Höhen gesehen hat und sich nun am Ende seiner Tage in den Mitteltönen seiner Stimmlage wiederfinden will. Zwischen den Wolken kreist Endalia mit ihrem großen Drachen über den Rosen und all den anderen. Endalia ist gekommen, und nur sie kann Edwin und Fibus retten. Der Drache schwingt die Flügel in kräftigen Schlägen. Endalia hebt ihre Armbrust zum Kampf. Die Rehe springen saloppen Sprunges ins Dickicht. Mit ihrem Drachen hält Endalia Ausschau nach den dunklen Gefahren. Der Drache spuckt ein Feuer. Selbst die Füchse der Ebene treibt der Drache mit Feuerspucken in die Flucht. Die Dunkelheit des Waldes, der schattige Boden hat alles Treiben für sich zurückgenommen. Die Rehe sind nicht mehr zu sehen.

»Macht Platz! Wir werden landen!«, ruft Endalia von oben.

Endalias weite, seidene Robe flattert wie eine rote Fahne im Wind. Langsam nimmt der Drache seine Kreise immer enger und dreht auf den Boden zu. Der Drache sucht sich ein freies Feld am Anger als Landeplatz und gleitet, gegen Wind ankämpfend, hinab. Endalia schmiegt sich eng an den Hals des Drachen, um nicht vom Tier zu fallen. Der Drache landet abrupt und holprig am Anger. Endlich gelandet, streicht Endalia den Drachen am Hals, der legt sich brav und gehorsam nieder.

Endalia steigt vom Drachen und geht zu Edwin und Fibus hin. Sie trägt unter der Robe ein weißes Kleid aus Satin, mit schwarzen und samtenen Bordüren. Die Bordüren charakterisieren in ihrer Form verschiedenste Jagdsymbole, wie Pfeil und Bogen, eine Armbrust oder Sonstiges. Ihre Jagdtiere, die riesige Libelle und einen Falter, trägt Endalia am Armgelenk. Die Armbrust hält sie in der Hand.

»Mein Drache bringt euch in die Siedlung. Ich werde mit den Winden sprechen, dass sie uns die richtige Richtung geben«, sagt Endalia deutlich.

Der Drache ist ein riesiges, furchterregendes Tier und hat einen über und über mit Schuppen bedeckten, langen Hals. Jede Schuppe für sich glänzt in goldenem Schimmer, als hätten sich in diesem Glanz kleine Ewigkeiten angesammelt, die der Drache von Generation zu Generation in sich wieder erstehen lässt. Die funkelnden Schuppen glänzen. In ihnen spiegeln sich Szenen des Waldes und verborgene Erinnerungen aus vergangenen Tagen wider.

Fibus und Edwin sind in jeder dieser Schuppen gespiegelt zu sehen. Nur in einer dieser Schuppen ist Fibus nicht zu erkennen. Statt seiner ein helles Leuchten, da sich an dieser Stelle das morgendliche Sonnenlicht spiegelt. Ob es eine Vorsehung ist, dass genau an der größten Schuppe Fibus nicht gespiegelt ist. Die Schuppen am Hals leckt sich der Drache behutsam ab. Sie wechseln die Farbe und wirken nun leicht bläulich.

Nachdem der Drache mit den großen Pranken laut trampelnd eine Kuhle in das feuchte Moos am Anger gedrückt hat, legt er sich in diese und putzt sich wieder. Dabei sieht er aus wie eine Katze, die sich putzt, nur eben viel, viel größer. Vorne hat der Drache zwei große Augen, die sind sonnengelb und mit einer schwarzen Pupille geschlitzt.

Über den Augen hat der Drache riesige Wimpern und jeder seiner Wimpernschläge lässt Schmetterlinge aus ihrer Flugbahn purzeln. Um den Drachen sind Unmengen an blauen, glänzenden Schmetterlingen, die an seine Schnauze schwirren. Der Drache kneift die Augen gemütlich etwas zu und es ist ihm deutlich anzumerken, dass er sich dort in seinem Nestchen wunderbar wohl fühlt. Nach dem langen Flug genießt der Drache es, sich genüsslich zu schlecken und frisch zu machen. Seine Augen zwinkern sanft und er wirkt in seiner Mulde sehr friedfertig und zutraulich. An den

Mundwinkeln speichelt der Drache ein wenig. Den Sabber saugen die Schmetterlinge auf. Die Schmetterlinge bedecken den ganzen Drachenkopf. Das sieht toll aus, in den vielen Farben. Der Drache ist sonst kräftig rot. Der Kopf, mit den Schmetterlingen bedeckt, ist kräftig blau und dazu leuchten die gelben Augen. Die grüne Zunge schnellt aus dem Drachenmaul und schleckt die schönen Schmetterlinge mit einem einzigen Streich einfach weg. Der Drache sieht zu den anderen wie ein zufriedener Hund, der auf sein Herrchen wartet. Er hat ein spitzbübisches Vergnügen in den Augen und wartet, dass es gleich etwas Leckeres zu futtern gibt. Über dem Drachenkopf tummeln sich viele kleine Fliegen, die eine hinter der anderen im Kreise fliegen, den Drachen stört das nicht. Krabbelt eine dieser Fliegen nahe seinem Nasenloch, juckt das und der Drache niest.

Der Drache bewegt die dicken Lippen aneinander wie ein Fisch, der schnappt, und er guckt mit großen, hungrigen Augen zu Endalia. Endalia merkt, dass der Drache Futter will. Sie zerrt aus ihrer ledernen Rückentasche einen vertrockneten Fisch, den sie zu dem Drachen wirft. Der fängt den Fisch wie ein Walross, das gefüttert wird. Der Drache windet ungelenk und gierig seinen Hals zu dem Fisch. Schließlich kriegt er den leckeren Happen mit seinem Maul zu fangen und frisst den. Gesättigt kugelt sich der Drache in sein Nestchen zurück und drückt seine Schnauze unter einen seiner Flügel, um sie zu wärmen. Das große Tier schläft langsam ein und schnarcht ein kleines Schnarchen, dass kleine Waldmäuse im Waldgras das Weite suchen. Einstweilen steht Endalia unmittelbar vor Edwin und Fibus. Sie streckt ihre Arme zur Seite und ihr schönes weißes Kleid wirkt, von der Sonne beschienen, weißer als weiß. Das Kleid ist für sich etwas Einzigartiges und Magisches. Bei dem

Drachen im Nest knistert es. Hat jemand eine Lunte gezündet? Mit seinem heißen Schnarchen entfacht der Drache ein Feuer und es brennt um ihn herum.

Der Drache schläft und rührt sich nicht, als ob nichts sei. Das Feuer legt sich und dünner, tiefschwarzer Ruß ist übrig. Der Ruß zieht in den Wald hinein und nimmt ein Geräusch mit sich, wie boshaftes Kichern.

Edwin und Fibus klettern auf den Drachen. Sie halten sich an den Zacken, die dem Drachen überall an den Rücken gewachsen sind, fest. Endalia sitzt weiter vorne und hält den Drachen an den Zügeln. Barlow will am Boden bleiben und macht sich weiterhin allein mit dem Mondläufer auf den Weg in die Siedlung. Krypta springt in den Wipfeln der Bäume voraus und ortet von dort oben den Weg.

Endalia spornt ihren Drachen mit den Fersen an. Der Drache erhebt sich. Das gigantische Tier sieht in voller Größe mühelos über die höchsten Verästelungen der Bäume leicht hinweg. Feine, zarte und ledrige Haut spannt sich über die knochigen Gelenke der meterlangen, ausladenden Flügel. Das Tier streckt die großen, weiten Flügel. Erst schwingt der Drache mit kurzen, kleinen Flügelschlägen, die werden kräftiger, bis das Tier abhebt und in den Himmel fliegt.

»Das Fliegen ist anders, als ich es kann. Wunderschön!«, japst Fibus, der sich eng an Edwin klammert.

Von warmen Winden getragen, fliegen sie langsam über Berge, Täler und Flüsse. Über den Landen liegt eine eigenwillige Stille. Ein furchterregender Donner grollt und eine kleine Böe rüttelt an dem Drachen. Der Drache wackelt im Flug etwas hin und her.

»Wir müssen landen. Es kommt Regen auf!« Endalia nimmt die Zügel etwas straffer und der Drache gleitet in Richtung Boden.

Der Drache landet, setzt die beiden ab, legt sich müde ins Gras und schnaubt erschöpft.

»Ich muss zurück! Mein Drache braucht etwas zu trinken. Nur an der reinen Quelle kann der Drache seinen Durst stillen. Die Quelle ist hoch oben in den Bergen.« Endalia geht zu ihrem Drachen und ermuntert ihn zu fliegen.

Der Drache gehorcht treu und ergeben. Am Himmel verdunkelt der Drache mit mächtigen Flügelschlägen für einen kurzen Augenblick die Sonne. Wieder sind Edwin und Fibus allein im Wald unterwegs.

»Lass uns Holz suchen für ein Feuer. Die Äpfel, gebraten, werden unser Abendschmaus sein.« Edwin liest Äste am Boden auf.

»Hmn, Äpfel! Saftig gebratene Äpfel, das ist es, was jedem Paluk schmeckt!« Fibus flattert aufgeregt.

Edwin kommt über einen Hügel angerannt. Sein Hemd hält er umgestülpt, darin etwas tragend. Den Berg hinter sich gelassen, plumpst er auf die Knie und schüttelt aus seinem Hemd viele rote Äpfel. Die warme Abendsonne versinkt langsam hinter dem Horizont und der Himmel ist mit rosa und lila Wolken durchzogen. Wie weiche bunte Pinselstriche vor blau laviert, spiegelt sich der Abendhimmel in dem nahen See. Die Dämmerung lässt die Sonne verschwinden und der warme Tag kühlt deutlich ab. Edwin und Fibus legen einen Kreis aus Steinen und schüren ein Feuer. Als die Äste bis zur Glut abgebrannt sind, geben sie die Äpfel hinein, die in eine dickere Schicht aus Gras eingewickelt sind. Die Äpfel liegen in der Glut, bis sie gar sind und im eigenen Saft brutzeln. Das Licht der grellrot flackernden Feuerzungen lässt Fibus in orangen Nuancen schimmern.

»Hmn, riecht das lecker!« Fibus faltet seine Flügel auf und lässt sie vom Feuer wärmen.

Das Feuer knistert und lodert langsam vor sich hin.

»Die Äpfel sind fertig!« Geschickt kickt Edwin mit einem Ast die Äpfel aus der Glut.

Einen Apfel pickt Fibus mit seinem Schnabel an. Er pickt ein Stück aus dem Apfel. Das Stückchen Apfel wirft er mit dem Schnabel in die Luft, fängt es auf und schluckt es in seinen Schlund. Ein Stückchen nach dem anderen pickt Fibus, bis der Apfel gegessen ist. Nach dem Abendmahl sind sie beide ganz müde. Edwin legt sich zum Schlafen in das weiche Gras und Fibus kuschelt sich an ihn. Morgen in aller Frühe wollen sie das letzte Stück Weg in die Siedlung finden. Ein paar Krähen fliegen durch den anfänglich dunklen Nachthimmel.

Die Landschaft wirkt wie ein Scherenschnitt und der Mond gibt bereits etwas hellen Schein ab. Es wird Nacht. Für diese Nacht sind Edwin und Fibus geschützt vor der Macht der dunklen Nacht. Barlow war heimlich als Katze unterwegs und wollte den beiden helfen, ohne dass sie es merkten. Er hat sich als Katze getarnt und die Macht der dunklen Nacht in die Irre geführt, dass die sich für heute um einen Tag täuscht. Dieses Spiel kann Barlow nur für einen Tag tun.

Barlow kämpft am Waldanger gegen einen der Füchse. Der Fuchs versucht die wild gewordene Katze zu greifen, schafft das aber nicht. Die Katze ist viel zu listig und gefeit, als dass sie sich von diesem Tier aus Herrschaftlichkeit des harrenden Nichts aus Hohn, Last und Leid fangen ließe. Die Katze der Gutmütigkeit, die Barlow jetzt ist, steht für einen toten Augenblick ganz still in der Luft. Die Katze starrt mit den Augen des kommenden Tages, der der Tag der Wiederkehr genannt wird, in die Augen des Angreifers. Das macht das Tier, den Fuchs, lahm und setzt es außer Gefecht. Wie im Spuk steht die Zeit jetzt still.

Das Tote, was die Szene umgibt, dreht sich um die Katze und um den Fuchs, der seltsam unschlüssig mit weit aufgerissenem Maul in der Luft schwebt. Der Höllenhund hängt wie festgefroren in der Schwebe. Barlow, die Katze, sieht ihn sich genau an. Der Hund hat gelbes, zottiges, am Nacken etwas gelocktes Fell. Das Fell ist glänzend, glatt, schimmernd und wirkt weich. Langsam wachsen dem Tier in diesem Stillstand, der weder nach vorne noch nach hinten spult, die Zehennägel heraus. Hässliche Zehennägel wachsen, blau leuchtend.

Das Einzige, was bewegt ist, ist der Mond, der seine Kreise zieht, erst aufgeht, dann wird es kalt, furchtbar kalt. Barlow, die Katze, tut alles, dass sie nicht müde wird. Und schließlich geht der Mond wieder unter und diese Szene hier ist vorbei, wie sie gekommen ist. Barlow plumpst als ganzer Kerl auf den Boden und der Fuchs ist weg. Nur die ersten Sonnenstrahlen sind zu sehen, die sich im Osten zeigen.

Die Siedlung

Früh am Morgen sind Edwin und Fibus losgegangen, das letzte Stück Weg in die Siedlung zu finden. Fibus und Edwin sind am Waldrand angekommen, wo eine Wiese über einen Hang direkt zu der Siedlung führt.

»He, ich weiß, wo es langgeht! Komm, folge mir! Diesen Weg entlang und wir kommen direkt auf die Siedlung zu.« Fibus watschelt an eine Anhöhe.

Raus aus dem Wald, legen sich die zwei vorsichtig ins hohe Gras und beobachten die Siedlung unentdeckt. Fibus schwingt sich in Zickzacklinien auf einen Ast. Von oben hat er eine bessere Einsicht auf das, was vor der Siedlung ist. Unten in den nassen Wiesen vor der Siedlung weiden ein paar Mondläufer, ein paar Warzenschweine und etliche Störche. Einer der Mondläufer säugt gerade ein Junges.

Am Rande eines Abhangs tummeln sich Affen und Hasen. Edwin klettert über das Berggeröll hinunter in die Landschaft und kann sich den Affen bis auf den Abstand von ein paar Metern nähern, ehe diese mit gekonnten Sprüngen hinter einer Anhäufung von Erde verschwinden. Neben Edwin erstrecken sich Palmenhaine. Edwin sieht die Warzenschweine, die vor der Mittagshitze unter einem Baum den Schatten suchen. Sonst ist nicht viel los. Was angesichts der Tageszeit, es ist fast schon Mittag und dementsprechend heiß, nicht weiter verwunderlich ist.

Fibus fliegt nach unten, über den Abhang zu Edwin. Beide trotten weiter durch die Wiesen. Die Wiesen liegen ruhig. Ein paar Eichhörnchen flitzen über die Wege, was sehr lustig anzusehen ist. Plötzlich hören Edwin und Fibus über sich ein Geräusch. Ein seltsames Flugobjekt fliegt über sie hinweg. Edwin erschrickt und will sich verstecken.

»Du musst dich nicht fürchten! Das war ein Hipotecho!«
Fibus beruhigt ihn.

»Hipotecho? Was ist das?«, fragt Edwin ängstlich.

»Das sind die Flugobjekte der Wichte. Wichte sind schlau
und haben allerlei Maschinen, auch Flugzeuge. Sie fliegen
in die Siedlung!«, gackert Fibus etwas gleichgültig.

»In die Siedlung? Was ist mit den Füchsen? Die sind
schneller als diese Flugobjekte.« Edwin zweifelt.

»Die Füchse mögen den Geruch der Maschinen nicht
und wollen die Geräusche der Motoren nicht hören. Sie
beachten die Hipotechos kaum«, meint Fibus.

Edwin und Fibus fühlen sich hier auf freiem Feld doch
zu sehr beobachtet. Sie klettern über den Hang zurück vor
den Wald. Wieder oben am Hügel lauern Edwin und Fibus
und schauen erneut, was in der Siedlung passiert.

Die Wichte sammeln sich in kleinen Grüppchen und
steigen in rote, oder grün auf weißem Grund getupfte, Hipotechos. Das sind kleine bis mittelgroße Schwebmaschinen.
Diese sind geräuschlos und hängen ungefähr einen Meter
über dem Erdboden. Angetrieben werden die Maschinen
mit Propellerdüsen, jeweils zwei am hinteren Heck des Fliegers. Außerdem sind jeweils vorne und an den Seiten Spoiler
angebracht, das macht die Hipotechos noch windschnittiger.
Die Wichte benutzen kleine Klappstellagen, um in ihre
Schwebflieger zu klettern. Wieder fliegt ein Hipotecho über
sie hinweg.

»Ich finde, obwohl ich viel weniger fliege als diese Maschinen, dass ich eleganter fliege als diese Hipotechos, die
immer nur geradeaus und links oder geradeaus und rechts
und wieder zurück fliegen. Findest du nicht auch? Ich kann
hoch, seitwärts und Pirouetten in der Luft schwingen.« Fibus
senkt zufrieden die Augenlider.

»Ach, du! Du bist ein tollpatschiger Vogel.« Edwin lacht.

»Ich bin es, der dich vor den Füchsen beschützt und dir den Weg zu den Wichten zeigt. Bei den Wichten wirst du nämlich den Weg zurück in dein Land finden, wo du hergekommen bist. Lass mich in Ruhe! Du musst nicht bei mir sein, wenn du nicht willst. Ich komme gut alleine klar. Du solltest es zu schätzen wissen, dass schließlich ich es bin, der dir täglich etwas zu essen besorgt. Ich weiß, die Wichte wissen eine Möglichkeit, wie du hier wieder wegkommst.« Fibus flattert wie ein kleiner Gott.

»Davon hast du mir bis jetzt noch nichts erzählt. Sag, was muss ich tun, dass ich wegkomme?« Edwin ist aufgeregt und will das wissen.

»Das soll ich dir jetzt sagen! Die Ebene wird alles regeln! Du bist nur hier, um auf mich aufzupassen. Es sollte eigentlich nicht sein, dass du diese Welt des ungeborenen Landes hier siehst. Diese Welt tut all das, damit ihr bei euch euer Leben lebt, wie ihr denkt. Ihr denkt, ihr wäret frei, aber nein! Es obliegt alles der Ebene und dem, was hier im ungeborenen Land passiert.

Du darfst der Ebene niemals trotzen, sonst lockst du die Füchse und die machen dir das Leben schwer, geben dem Leben Angst und Hast. Du meinst, wie es ist, der Ebene nicht zu trotzen? Sei stark und gib den Tugenden einen Platz in deinem Herzen, fröne nicht dem, was Gier, Macht, Hohn, Neid und falsche Eitelkeit ist. Das macht dieses Land hier krank und öde. Gib dir Mühe, ein Licht zu finden, und du wirst gut leben können. Manche der Wichte schenken dir ein Mützenlicht.« Fibus verschränkt trotzig seine Flügel.

»Wie, das ist alles? Das soll ich dir glauben? Vielleicht hast du Recht. Wenn ich nur wüsste, wo meine Ziegen sind.« Edwin streicht sich über die Schultern.

»Sei gehorsam und demütig, begreife dich als eins mit allem und trenne dich nicht davon, denn das tut weder dir noch irgendjemandem gut. Hast du das Licht, zeigt es dir den Weg.« Fibus flüstert leise.

»Und ich muss dich und alle hier lieben, stimmt's?« Edwin rümpft die Nase.

Über den Hügel hinweg glitzert das Meer, bis in den Horizont hinein. Die Siedlung ist etwas weiter unten.

»Um die Siedlung ist eine große Mauer. Keiner der Füchse hat es geschafft diese Mauer zu überspringen. Die Paluk beschützen diese Mauer. Falls ein Fuchs der Ebene im Geringsten einen Angriff tut, stürzen sich die Paluk auf ihn und verjagen ihn. Vor Jahren hat es ein Fuchs fast geschafft über die Mauer zu springen. Zumindest ist er auf die Mauer gesprungen. Trotzdem, die Paluk haben ihn wieder weggedrängt«, meint Fibus mit tiefer Stimme.

Edwin und Fibus laufen über den Hügel zum großen Eingangstor an der Mauer. Das riesige hölzerne Tor lässt sich leicht öffnen. Edwin drückt ein wenig dagegen und das Tor öffnet die schweren Türen wie von selbst. Da ist niemand, der das Tor öffnet. Es ist, als würden sie erwartet. Hinter dem hölzernen Tor kriecht jemand hervor, es ist Barlow.

»Da seid ihr ja endlich! Hattet ihr einen guten Flug?«, rümpft Barlow die Nase.

»Na klar! Mit Drachen fliegen ist das Beste, was es gibt!« Fibus ist begeistert.

In der Siedlung drinnen ist alles ruhig, zu still für diese Tageszeit. Kein Vogel ist zu hören. Scheinbar schlafen sie noch, die hier sonst zu tun haben. Barlow bläst in sein Horn. Sich im Wind biegende Äste knacken wie altes Gebälk. Ein Wispern und Heulen dringt durch die Luft. Aus der Siedlung surrt und trällert es. Bei genauerem Hinsehen sieht man die

Wichte. Neugierig schauen sie jeden direkt an. Jetzt gucken hinter alten Weiden zwei Wichte hervor. Edwin erkennt sie an ihren roten Mützen. Kaum hat Edwin sie gesehen, sind sie wieder weg.

»Ist hier niemand? Wo sind die alle?« Edwin guckt sich um.

»Du wirst dich gedulden müssen! Erst wenn aller Nebel verschwunden ist und die ersten Blüten sich in der Morgensonne öffnen, zeigen sie sich wieder, die Wichte.« Fibus pickt ein paar Körner, die am Boden liegen.

Ein Hahn kräht den Morgen. In der Siedlung werden es mehr und mehr kleine Wichte, die müde und verschlafen aus Astwindungen und verlassenen Fuchsbauten vorsichtig herausschauen. Ein kleines Grüppchen hat sich um Barlow, Fibus und Edwin versammelt.

Mit einem Mal sind sie alle da. Viele kleine Wichte haben eifrig zu tun und es wird laut in der Siedlung. Die Wichte sind klein, sehr rotbäckig und haben furchtbar dicke Nasen. Jeder hat einen weißen Bart, auch die Frauen einen kleinen Damenbart, nur die Wichtkinder nicht. Die Wichte tragen dicke Mäntel und Mützen aus rotem Filz.

»Frische Ware!«, bieten Fischverkäufer ihre Waren feil.

Ein paar Krähen krächzen. Auf dem Marktplatz ist ein heiteres Treiben. Kisten mit Gemüse werden geliefert, Kleider, Schmuck, Uhren, Hundefutter in Dosen und Kanarienvögel in geflochtenen Körben gibt es zu kaufen. Enten, Hühner und Gänse schnattern aus Käfigen. Streunende Hunde jagen hinter Katzen her. Ein paar Tomaten wund Äpfel kullern auf den Weg.

»Weg da, Platz da!«, schreit einer und zieht mit einem Seil einen sturen Esel, den er vor eine Kutsche gespannt hat.

Auf die Kutsche geladen hat er Fässer und Obst. Am

Markt steht eine Marktbude nach der anderen.

»Hier, kaufen Sie!«, rufen Marktfrauen, die hinter ihren Waren stehen.

An den Buden verkaufen sie Röcke, Hosen, Mäntel, Hüte, Flaschenzüge, Zwirn, Garn, Schnaps, Werkzeug, Netze und vieles, vieles mehr. Frauen und Kinder feilschen. Jeder will das meiste, jedenfalls nur gute Ware. Lustige Gaukler führen ein kleines Theaterstück auf. In bunten Kostümen trällern sie mit kleinen Glöckchen. Daneben steht auf einer Bühne ein Feuerschlucker, der schluckt die Flamme an seiner Fackel und spuckt sie wieder aus.

Ein Wicht singt ein schrill klingendes Lied. Er tiriliert mit seinem fiependen Stimmchen derart hohe Oktaven und einen reinen Sopran, der alle hohen Töne trifft, dass die Vögel von den Baumwipfeln vor Schreck betäubt herabfallen und man sie am Boden liegend nur aufzusammeln braucht.

»Na, was wird es morgen für Wetter geben?«, flüstert eine buckelige, alte Marktfrau, die an einen Stock gestützt steht.

»Habt ihr uns etwas mitgebracht?«, fragen kleine Wichtkinder.

Die Wichtkinder drängeln in einem engen Kreis um die neuen Besucher.

Langsam neigt sich der Tag und die Abenddämmerung beginnt. Der volle Mond scheint über dem Horizont schon sehr helle. Die Wichte sammeln Kleinholz, um ein Feuer zu schüren. Brennt das Feuer gut und lodert mit stechenden Flammen in die Dunkelheit hinein, geben sie darüber einen Kessel und kochen ein deftiges Süppchen.

»Seid willkommen! Wir wollen eure Ankunft feiern. Der Koch bereitet ein Festmahl, gebratene Rebhühner, mit Bratkartoffeln in Petersilie und Butter geschwenkt, dazu heißer Beerensud. Zum Nachtisch gibt es gebackene Küchlein mit

Erdnüssen.« Der älteste Wicht winkt die Gäste zu sich und ein paar andere Wichte bringen Schüsseln und Platten mit reichlich Essen.

Die Wichte, mit den Gästen, gehen zu einem großen Baumstumpf, an den ein festliches Mahl gedeckt ist. An die Tafel haben sie sehr viele Kerzen gestellt. Einige der Wichte sitzen bereits am Tisch und essen genüsslich. Mit schmutzigen Händen fassen sie das Essen an. Sie sind furchtbar geschwätzig und essen ohne Besteck. Den Wichten schmeckt es! Ein Wicht klettert auf einen Baum, um etwas Marmelade zu holen. Die Marmelade wird den Gästen besonders gut schmecken.

Oben in den Baumkronen haben die Wichte Vorräte, getrocknetes Obst, Marmelade, eingelegte Zwiebeln und Unmengen an Nüssen, in Astwindungen versteckt. Ein absoluter Leckerbissen sind die vielen Eier der Hühner, Eulen und anderen Schnabelgetiers. Mit spitzen Steinchen hacken die Wichte ein Loch in die Schalen. Die Eier saugen die Wichte aus. Ein weiterer Wicht gesellt sich zu den anderen. Dieser Wicht hat zwei Fische bei sich, die er unten am Fluss gefangen hat. Dieser Wicht ist ein besonders guter Fischfänger. Er steckt die Fische an Stöcke, brät sie über dem Lagerfeuer und gibt sie an den Tisch.

Hastig essen die Wichte die gebratenen Fische, lehnen sich satt in ihre Stühle und grinsen vor sich hin. Die Lichtchen schnarchen leise in den wolligen, roten Mützen der Wichte. Der ein oder andere Wicht hat Schluckauf. Jeder der Wichte hat seinen Platz am Tisch. Ein älterer Wicht zündet viele kleine Kerzen an. Ein paar der Wichte singen Lieder. Fibus ist auf Edwins Schulter gehüpft. Das Mützenlicht des ältesten Wichtes schwirrt zu Fibus hin, neckt ihn und saust flink und geschwind um seinen Schnabel.

Mit gesenkten Brauen faucht Fibus und grollt. Das mag das Lichtchen nicht und wird noch dreister und frecher. Fibus muss fast niesen.

»Hatschi!« Fibus niest, streckt seine Flügel und fliegt zu einer alten Lampe, die in einem Baum bei den Vorräten hängt.

»Fibus, bist du soeben geflogen? Geht es dir gut?« Edwin guckt ihm verdutzt hinterher.

»Das freche Lichtchen, scheuche es weg! Es ärgert mich!« Fibus patscht mit den Flügeln um sich.

Das Lichtchen lässt nicht von ihm ab.

»Lass dir von dem dummen Licht keine Angst einjagen! Es tut dir nichts!«, lachen die Wichte am Tisch.

Das Lichtchen saust zurück in die Mütze des Ältesten. Fibus fliegt zu Edwin und plumpst etwas tölpelhaft auf den Boden.

»Wenigstens kann ich zumindest wieder ein bisschen fliegen! Du kannst nämlich überhaupt nicht fliegen, ätsch! Ist mein Flügel wieder richtig heile, werde ich höher fliegen als jeder Vogel, den du je gesehen hast!« Fibus hopst zurück an die Tafel.

»Was hast du? Du bist ein dicker kleiner Vogel, der viel zu schwer ist, um zu fliegen!«, johlt einer der Wichte an der Tafel.

»Das stimmt!«, nickt Edwin.

»Wäre mein linker Flügel nicht so zerrupft, würde ich fliegen! Rede nicht hochnäsig, wie eben! Du beleidigst mich mit deinem Geschwätz! Das habe ich, der ich dir ein treuer Freund bin, nicht verdient! Dein Necken kenne ich längst. Dabei bin ich es, der dich vor den Füchsen beschützt. Außerdem bin ich es, der dich hierhergebracht hat.« Etwas beleidigt stolziert Fibus zu Edwin.

»Was sind das für Früchte? Sie sind groß wie Melonen und sehen aus wie Kartoffeln.« Edwin deutet zu den Früchten, die am Tisch in einer Schüssel sind.

Er nimmt sich eine Frucht und isst diese genüsslich. Die Frucht schmeckt wie eine Mischung aus Kartoffel und Zitrone.

»Das sind Potakos. Ich habe nicht aufgepasst beim Fliegen. Ich bin in eine Baumkrone geflogen und auf die Erde geplumpst. Meine Schar hat nicht einmal bemerkt, dass ich ihnen verloren gegangen bin. Sie haben mich zurückgelassen und jetzt bin ich hier bei dir, auch gut. Ich hoffe sehr, dass ich bald zurück zu meiner Schar fliegen kann. Gemeinsam sind wir besonders stark. Hast du sie gesehen, die Meinigen?«, fragt Fibus.

»Außer dir habe ich nie so einen Kauz gesehen. Bist du der heilige Geist oder der deutsche Adler? Vielleicht keiner von beiden? Oder du bist das Vögelchen, das man sich zeigt, hat einer etwas an der Schüssel. Bei dir piept es wohl?!« Edwin tippt sich mit dem Finger frech an die Stirn.

»Du musst nicht bei mir sein, wenn du nicht willst. Ich komme gut alleine klar!«, meint Fibus.

»Hört auf euch zu zanken und lasst uns gemütlich essen.« Ein Wicht nimmt ein Stück Brot und beißt einen viel zu großen Happen ab.

Bis in die tiefe Nacht feiern Edwin, Fibus und Barlow mit den Wichten fröhlich und ausgelassen.

»Lasst uns schlafen gehen!«, schnattert Fibus nach kurzer Pause leise und gähnt.

Als das Lagerfeuer in den frühen Morgenstunden erlischt und die ersten Vögel zwitschern, gehen sie in ihre Zelte und Erdhöhlen, um sich schlafen zu legen. Einer der Wichte steht vor dem Tor der Siedlung und hält nach Feinden Ausschau, bis zum Morgen. Er ahnt nicht, was draußen in den weiten Feldern um die Siedlung vor sich geht. Am nächsten Morgen sind Edwin und Fibus allein in der Siedlung unterwegs. Sie wollen sehen, wo die Ebene ist und was in der Siedlung von den Wichten gearbeitet wird. Der Morgentau liegt noch auf den Blättern. Barlow kümmert sich um seinen Mondläufer, der sich einen Fuß leicht verletzt hat.

Die besagte Ebene liegt hinter den dampfenden Schwefelfelsen, nahe der Mauer. Die Schwefelfelsen stinken grauenhaft. Die Ebene ist wegen des aufsteigenden Schwefels kaum zu sehen. Wenn die Sonne direkt in diesen Nebel scheint und zwei Regenbögen einer über dem anderen stehen, dann sieht man sie.

Sieht man die Regenbögen, ist sie da, die Ebene, und zwar an der westlichsten Spitze der Nordwand. Die Nordwand ist die, die mit vielen im Wind wehenden Palmen verwachsen ist. Ein großes Areal an Hitzewallungen schwirrt ungleichmäßig in der Luft über der Mauer und lässt die Ebene sichtbar werden. Je nach Temperatur wirkt die Ebene dicht oder weniger dicht.

Die Ebene sieht aus wie eine Glorie, nur sehr viel größer. Aus der Ebene fallen sie heraus, die Metallteile, von irgendwoher, vielleicht aus anderen Galaxien hier hinein in die Siedlung der Wichte. Die Gebilde, die am Himmel schwirren, sind keine Seltenheit. Die Wichte sammeln seit Jahren diesen Himmelsschrott, sortieren und verpacken ihn. Mit ihren Hipotechos fliegen sie in die Lande und suchen nach dem Schrott. Die gefundenen Metallteile werden in der Siedlung zu Webmaschinen umgebaut. Die Wichte weben große feuerresistente Decken, die sie brauchen, um Rauchzeichen zu senden. Ihre Decken fertigen die Wichte aus Steinwolle, in jahrelanger Handarbeit. Mühsam zerkleinern sie hierzu Granitblöcke. Die Wichtfrauen verkochen das Steinmehl mit Baumharz und Wurzelfasern zu einem breiigen Sud. Der Sud erkaltet und das Gemenge wird gegarnt, gesponnen und zu Decken verarbeitet. Die Weberinnen arbeiten in unterirdischen Höhlen, die früher zur Herstellung von Flugmaschinen gedient haben. Einige Funktürme stellen die Wichte auf, mit hellen, elektronischen, kugelrunden Funksonden an den Spitzen.

Die Wichte nennen diese Funktürme die Augwächter. Die Sonden an den Spitzen sind groß wie Äpfel, von elektronischen Partikeln übersät, und reagieren sowohl tagsüber als auch nachts auf jede Temperaturveränderung, die sich im Umkreis mehrerer Hundert Meter stattfindet. Jedes Tier, noch so klein, kann mittels der Augwächter erkannt werden. Wärmesignale werden über die Partikel an den Sonden auf einen Datenträger, der im unteren Teil des Funkturmes in eine Bildschirmoberfläche integriert ist, eingespeichert. Per Knopfdruck werden die Daten entladen und charakterisiert. So können der genaue Standpunkt und das Tun eines jeden Tieres draußen in der Prärie bestimmt werden.

Die Wichte können genau feststellen, wo sich die Füchse gerade aufhalten. Die Füchse wittern, dass sie kontrolliert werden. Sie gehen nur in lauen, nasskalten, vernebelten Nächten auf Beutezug, wenn die Funktürme keine Signale empfangen können. In die Ebene schießen die Wichte mehrere Netze, die sich dort entfalten, um Weltraummüll zu sammeln. Der Weltraummüll verfängt sich während seiner schwerelosen Bewegungen im All in diesen Netzen. Die Netze werden aus der Ebene herausgezogen. Viel Schrott hat sich dort angesammelt, Büchsen, Dosen, aber auch große Metallteile wie Flugzeugflügel. Im Übrigen gibt es hier Wichte, die mit Geisterfängern und mit dumpfen Gesängen den

Himmel beschwören und die Metallmüllladungen aus dem All zu sich in die Siedlung heranziehen. Bei der Landung der Metallmüllbrocken fliegen viele Brocken herum und man muss echt aufpassen, nicht von so etwas getroffen zu werden.

Aus dem Schrott der Ebene bauen die Wichte Flugobjekte, die Hipotechos. Die Hipotechos bewegen sich nach Koordinaten, die ein besonders cleverer Wicht entwickelt hat. Koordinaten sind eine mathematische Maßeinheit und werden von den Wichten errechnet, anschließend auf Chips gespeichert. Diese Chips installieren die Wichte in die Hipotechos, so hat jeder Flugkörper genau sein individuelles Flugsystem parat. Schwierig ist es, wenn einer dieser Chips defekt ist. Denn es ist sehr mühsam, diese Chips auszuwechseln.

Die Wichte blasen in Trompeten und machen viel Krach. Diesem Krach weichen die Mondelche aus und laufen schnurgerade hier in die nassen Wiesen vor die Siedlung, stecken fest und können weder vorwärts noch rückwärts gehen. In den Wiesen fangen die Wichte die Tiere mit Lassos ein. Wenn die Tiere nach längerer Dressur zahm sind, sind sie die Reittiere der Wichte. Edwin und Fibus streicheln ein paar der Mondelche, die wie Pferde an ein Gatter angeleint sind.

Die Mondelche haben große hellblaue Augen mit schwarzen Pupillen. Mondelche sind an sich friedliche, freundliche Tiere und ausschließlich grasfressend. Sie sind die größten Tiere hier im Land. Mondelche sind meist nachts unterwegs.

Barlow ist den beiden nachgegangen. Oben in den Baumkronen sind die weißen Eulen. Wo Mondelche sind, sind auch sie. In seiner Hand hält Barlow eine Leine, an die sein Mondelch gebunden ist. Barlows Mondelch hat am Knöchel eine Bandage gekriegt.

»Auch das noch! Ich sehe dunkle, schwarze Wolken.«
Barlow legt freundlich seinen Arm um Edwin.

Beide gucken gemeinsam in den Himmel. Dunkle Wolken bündeln sich über den Wipfeln der Bäume. Es dämmert bereits und der Nachtvogel hat geschrien, was heißt, dass die Nacht hereinbricht. Vor der Siedlung springen die Füchse durch die Ebene ein, um nach den Wichten und denen zu suchen, die sich der Macht der dunklen Nacht widersetzen.

Das Einspringen der Füchse in das ungeborene Land erzeugt manchmal eine Hitze und dazu ein Feuer, dass in Sekundenschnelle der ganze Wald der unteren Regionen niederbrennt. Oben in den Gebirgskämmen, und das wissen die Füchse, sind sie vor dem Feuer, das sie verursachen, geschützt. Die Kraft eines Sprunges von einem Fuchs kann so stark sein, dass eine Art Explosion stattfindet, die sehr, sehr große Hitze erzeugt und ein Feuer entfacht. Nur die unteren Regionen des Landes sind von Feuern betroffen, weil die Feuergase schwerer sind als Luft und sich dort unten ausbreiten.

Die Füchse suchen nach Beute, nach jedem Wesen, das sich der Macht der dunklen Nacht widersetzt, denen jagen sie einen Schreck ein, dass sie tot umfallen, oder in einer Ohnmacht am Boden ausharren, bis sie vertrocknen. Von Hunger getrieben sind die Füchse unberechenbar. Meist fallen die Mondelche ihnen zum Opfer. Die Füchse fressen die Mondelche. Viele Gerippe liegen in den Landen vor der Siedlung. Die Füchse, die gerade eben in das ungeborene Land eingesprungen sind, scheinen eine Fährte aufgenommen zu haben und folgen aufgeregt der Spur aus Geruch. Sie haben feurige, flammende und knallrote Augen. Um ihren Widersachern zu drohen, reißen die Füchse ihre Augen weit auf. Die Augen sind groß und sehen in ihrem Innern aus wie tiefrote, brennende Glut. Aus den Mäulern der Füchse schäumt gelblich klebriger Schleim, der in Zahlenform auf den Boden tropft. Komische Zahlen aus Schleim liegen am Boden.

Sogleich kommt der nächste Fuchs und schleckt den ekeligen, nach furchtbarem Mundgeruch riechenden Sabber wieder auf. Die Füchse fletschen sich gegenseitig wie ein Rudel Wölfe an, das keine Beute findet. Dabei stinken sie wie ein Dutzend Ziegenböcke.

Die Wichte in der Siedlung sammeln jetzt eifrig Kleinholz, um ein Feuer zu schüren. Brennt das Feuer gut und lodert mit stechenden Flammen in die Dunkelheit, werfen die Wichte Decken aus Steinwolle übers Feuer. Sie ziehen die Decken, kurz bevor das Feuer verlischt, wieder vom Feuer, dass dieses wieder genug Luft hat, um weiter zu brennen. Diesen Vorgang wiederholen die Wichte mehrmals. Dunkle Rauchgebilde, wie die Silhouetten riesiger Elche oder Hirsche, bilden sich vor dem sternenklaren Himmel. Die Rauchschwaden verzerren sich im Wind, sind wie gruselige große Tiere anzusehen, vor denen sich die Füchse fürchten. Die Schattengeister am Himmel verschwinden in die Nacht hinein.

Mit den Rauchzeichen führen die Wichte die Füchse in die Irre. Die Füchse fliehen vor den Schattentieren und kehren um. In der Vergangenheit war es vorgekommen, dass ein Fuchs es geschafft hatte, die Mauer der Siedlung zu überspringen. Wie das geschah, weiß niemand genau, denn eigentlich kann das nicht sein.

Geblendet von ihrer eigenen Wut, schwinden den Füchsen die Kräfte. Das Geblendetsein an der Mauer, das wie üblich die Füchse erschaudern lässt in ihrer eigenen Pein, wirkt manchmal nicht. Einmal hat ein Wicht einen verletzten Fuchs draußen vor dem Tore an der Siedlung gefunden. Dem hatte ein Mondelch einen ordentlichen Tritt verpasst. Den Fuchs halten die Wichte als Haustier. Der ist so zahm einstweilen wie eine Hauskatze.

Die Füchse finden heute nichts, ziehen winselnd die Schwänze ein und flüchten zurück zu der Macht der dunklen Nacht. Die Macht der dunklen Nacht hat kein Gesicht, sie ist nur zu fühlen wie ein leichter kühler Wind, der dir die Seele trübt. Sie ist schwarz, nass und kalt. Sie sieht aus wie ein furchtbar schwarzer Schatten, der durch die Lande zieht. Nur die Füchse haben das Entsetzen in den Augen, wo die Macht der dunklen Nacht sich widerspiegelt. Die Füchse in der Ferne drehen sich kurz um und tun einen kalten Blick, der lähmt und das Blut in den Adern stocken lässt. Die Macht der dunklen Nacht hegt bereits den nächsten Plan.

Der Traum und das Pferd

Die Macht der dunklen Nacht will die Träume der Wichte
für sich behalten. Das gibt ihr die Kraft, dass sie über alles
und jeden herrschen kann. Der Nachtwächter ist ihr Untertan, ihm befiehlt sie all die Träume zu stehlen und statt ihrer
die Träume zu geben, die sie allein bestimmt. Der Nachtwächter erhält einen Sold für dieses Tun, dass er die Träume
trennt und wie Erbsen aussortiert.

Die guten Träume will die Macht der dunklen Nacht behalten, die nicht so schönen schickt sie zurück, woher sie gekommen sind. Tut der Nachtwächter nicht, was die Macht
der dunklen Nacht will, stülpt sie ihm Verzagen über, dass
der bitterlich wimmert und kein Auskommen mehr findet.
Sie zwängt ihn in ein Korsett aus gelangweilter und dunkler
Einsamkeit. Die Macht der dunklen Nacht nimmt ein Stück
aus ihrem schwarzen Mantel und ziert es mit Stickereien.
Die Stickereien sind wie viele neue Geschichten. Das tut sie
allabendlich bis zum Morgen.

Am frühen Morgen holt der Nachtwächter die Stickereien
am Tore vor der Siedlung ab. Wer sie dort hinbringt, weiß
niemand. Am Abend tut der Nachtwächter die Stickereien
in seinen Hut, klettert auf die Dächer und gibt die bestick-
ten Leinen in die Schornsteine. Er klappert an den Läden
und biegt die Äste, dass diese knacken. Der Nachtwächter
ist in der Finsternis fratzenhaft verzerrt anzusehen und
schleicht flinken Schrittes umher. Seine weite, dunkle Robe
wirft er über die Felder. Er bringt die Nacht, die ihre Dunkelheit über die Lande gibt. Er klettert über die Mauer, kennt
einen Weg, wie er das macht, ohne von den Mützenlichtern
oder einem Wachposten gesehen zu werden. In der Siedlung

drinnen zündet er mit einer Lunte die Laternen an den Wegen an. Man sagt, sein Gesicht sei hässlich und er meidet es angesehen zu werden. Angeblich hat ihn eines der großen Waldfeuer verunstaltet. Er nimmt eine Leiter und steigt auf die Dächer, will an die Schornsteine gelangen. Die Tücher, die der Nachtwächter in die Kamine gibt, fallen in die Glut und verbrennen. Das riecht etwas angebrannt und nach erlesenen Kräutern. Aus dem Rauch knistern und drängeln kleine Phantasien, die alsbald durch Ritzen, Spalten und durch Türen in die Träume der Schlafenden schleichen. Manche der Wehen aus Asche verschwinden, mit der Zugluft, durch den Kamin in die Nacht.

Wieder huscht der Nachtwächter von einem Stein zum nächsten, versteckt sich jeweils kurz. Bisweilen lässt er sich auf einem Stein nieder und lüftet seinen großen, schwarzen Hut. Ein letztes Mal schüttelt er seinen Mantel, aus dem etliche verstaubte Träume purzeln. Einige der Träume liest er wieder auf und streut sie ans Firmament, wo sie golden leuchten wie Sterne im Dunklen.

Die schaurigen, dunklen und traurigen Träume suchen sich einen Weg in das Gestrüpp. Die dunkle Gestalt des Nachtwächters holt die wildesten Träume wieder ein wie einer, der Schmetterlinge mit dem Kescher fängt. Hat er diese Träume in seinem Hut gefangen, steckt er sie in seine Jackentasche. In den Taschen finden die Träumereien keinen Platz. Sie drängeln und beulen die Taschen wie Katzen in den Sack gepackt, die da jaulen und jammern, oder klingt der Wind, der schrill um die Ecken pfeift?

»Alle mein, alle mein! Keiner wird mir die Träume nehmen, oder sie mir heimlich verhöhnen! Ich kann sie alle geben und kann sie alle nehmen. Dem einem die guten und schönen, dem anderen die dunklen!«, zischt der Nachtwächter zornig vor sich hin. Über ihm flattern die dunklen Gestalten der Nacht, eine dicke Eule und ein Dutzend Fledermäuse. Am Tor vor der Siedlung steht, von Mondlicht beschienen, ein weißes Pferd. Das Pferd beobachtet ihn schnaubend und scharrt etwas mit den Hufen, als wolle es hinüber, über den Zaun springen, hin zu dem schwarzen Kerl, vor dem die Träume sich aufwühlen. Das weiße Pferd ist im Dunkeln kaum zu sehen. Es ist ein sehr kräftiges, großes Tier auf vier Beinen, mit einer mächtigen, weißen Mähne, die stolz und erhaben mit leichten Winden weht.

Das weiße Pferd wiehert ungestüm, und an einem Zaun treffen sich ein paar der Wolkenschwestern. Wie Zaunköniginnen halten sie einen Tratsch und deuten auf die Träume. Eine weiße Taube windet sich aus den Fiktionen. Der Nachtwächter merkt, dass er beobachtet wird, lässt die Träume aus dem Mantel fallen, verschwindet in Windeseile und rennt zu einem alten verfallenen Gemäuer.

Eine schwarze Katze springt aus dem Mantel und will die weiße Taube greifen, fasst lediglich nur ein paar der weißen Federn. Die Taube ist schneller, flattert mit lautem und pochendem Herzen nach weit oben, in die Dunkelheit hinein, wo die Eulen waren. Aus der dunklen, schwarzen Nacht fallen rote, dicke Tropfen und mit diesen eine Angst, die eben noch drinnen war.

Am Boden stehen schwarze, dornige Blumen. Die roten, dicken Tropfen fallen an die Dornen der schwarzen Rosen. Am Gemäuer stürzt der Nachtwächter eine Treppe hinab, die in einen alten Keller führt. Von unten kommen ihm die Träumereien, die aus seinem Mantel entflohen sind wie die eifernden Hände einer gierigen Meute, entgegen. Sie packen an den Stufen wie an einen Teppich an, der geschüttelt wird, bis sich eine Stufe an die nächste reiht. Der Nachtwächter erschrickt. Er läuft weiter, nicht mehr die Treppe hinab, sondern auf einem Fließband, das ständig schneller wird. Die Träumereien sind verblasst und er rennt wie seit Stunden. Die Träume, die eben wild versuchten ihn in den dunklen Keller zu drängen, sind weit weg, als blasse Erinnerungen zu sehen. Mit grauen Mänteln stehen sie am Feld und pflügen in den gefrorenen Boden. Schneller als jeder Bauherr das zu bauen wagt, schieben sich nun Wände aus Glas um den Nachtwächter.

Die Wände brechen aus dem Boden wie gefrorenes Eis, in das man bricht, nicht nach innen, sondern nach außen. Als hätte sich die Wucht eines gigantisch großen, verletzten Tieres durch dicke Eisschollen gebrochen. Das große Tier, das nicht wirklich zu sehen ist, ist die Präsenz einer Wut, einer Rache, die nur zu fühlen ist, nicht zu sehen. Mit Rache will das geahndete Tier die Ungerechtigkeit alter Tage sühnen, die eingeschlossen in Eis war und jetzt zurück ans Tageslicht gebracht werden will. Es tut dies mit einer Kraft, der nichts und niemand trotzen kann. Aber wer oder was hat dem Tier etwas angetan und was hat der Nachtwächter damit zu tun?

Das Tier, das in Scherben aus der Erde bricht, ist die bloße Erinnerung vergangener Tage, ein Monster, dass eine große Schlacht nicht gewonnen ist. Die Wucht dieses Tieres, eine niedere Anspannung fällt ab zurück in den Boden, in ein Meer aus unendlich kleinen, schwarzen Wogen. Die Wellen darin treiben sanft hin und her, schütten sich auf in tausend kleine Spitzen und Speere. Wer sind sie, diese Spitzen? Sie sind die Legation einer Macht, einer Dynastie, die da war und einfach nicht mehr ist. Was ist das für ein Bild, das sich vor den Augen des Nachtwächters zeigt?

Der Nachtwächter rennt immer noch, sieht durch die

Scheiben nach draußen, ist gefangen, ist isoliert, getrennt von dem, was eben das Draußen war. Das alte Gemäuer ist verschwunden, stattdessen ist ein Kubus aus Glas um ihn herum und in dessen Mitte rennt er weiter, endlos an kein Ziel, ein, zwei Tage lang, bis ihm das Gefühl für die Zeit verloren geht. Inmitten des Ozeans altgedienter Phantasien taucht das große Tier wieder auf und patscht wie ein Wal, mit einer enormen Wucht, zurück ins Wasser. Draußen vor dem Glas ist diese schwarze Masse, die kein Ende kennt. Das Tier ist so unendlich groß. Ein Wal ist gemessen an diesem Tier in etwa so groß wie ein Fingerhut neben einem alten Schuh.

Was die Rache ist, die das große Tier haben will? Gedient des Kaisers Sold will sie ihren Lohn zurück. Ihre geschundenen Hände und die abgefrorenen Zehen will sie sühnen. Keiner war da, der sich gekümmert hat. Nur Herren hoch zu Ross kamen geritten und haben alles weggenommen. Nichts war geblieben, kein Stück Brot, nicht einmal der kleinste Apfel am Wegesrand.

Die großen Herren haben all das Wenige, was die armen Leute alter Zeit besaßen, angezündet. Vieles ist verquollen und verbrannt in diesen Feuern einer unerbittlichen, obigen Macht, und mit ihm alle die, die aus alter Zeit gewesen sind. Dunkle Kräfte haben ein einstmals großes Volk verschwinden lassen. Sie sind tief drinnen in den Wogen dieser fremden See. Sie sind es, die in Erinnerungen wüten.

Diese dunklen Erinnerungen an die Leute alter Zeit haben einen Platz gefunden bei der Macht der dunklen Nacht. Sie ist die neue Herrscherin einer Kraft, die vieles wegnimmt in eine öde Finsternis. Sie, die Macht der dunklen Nacht, hat den Traum, dass die Zeit zu schnell vergeht, angedockt und in diesen den Nachtwächter gestellt. Aber warum? In

Rage und Wut hat sie entschieden, weil der Nachtwächter ein paar gute Träume für sich behalten hat wollen. Neben sich sieht der Nachtwächter durch die Scheiben die Sonnenblumen in Zeitraffer wachsen. Die Blumen wenden in rasender Geschwindigkeit ihre Köpfe hin zum Lauf der Sonne. Mit dem Morgen blühen sie auf und am Abend schließen sie sich wieder. Er sieht die Blumen im Herbstlicht ihre Köpfe senken und langsam welken. Unheimlich schnell nähern sich die Vögel und picken die Körner.

Hungrige dunkle Dohlen picken die letzten Körner eines Herbstes, wissend darum, dass der kalte Winter nicht viel Nahrung haben wird, außer den gefrorenen Beeren der Sträucher. Die Vögel heben ihre Köpfe an, schauen zu dem Nachtwächter, der ziellos rennt.

Der Nachtwächter wäre gerne hinter dem Glas, wo sich das bunte Leben zeigt. Leider ist er drinnen in einem Kubus aus glattem, kaltem Stein und gläsernen Wänden, die es besser ist nicht anzufassen, da man sich verletzen kann. Ein komisches Knacken klingt. Bricht das Glas? Der Nachtwächter spürt in dem kalten Raum Hoffnung. Der gläserne Kubus kippt und dreht sich im Uhrzeigersinn um neunzig Grad. Der Nachtwächter bleibt kurz auf dem Fließband haften, läuft weiter, als ob er an die Decke rennen möchte.

Wieder dreht sich der Raum und an den Seiten klappen die Fenster auf. Durch die Fensterscheiben tut sich ein neuer Blick auf. Frauen in Gewändern wie in der Renaissance stehen dort, wortlos, schweigend, und neben ihnen spielen Kinder mit Bällen und Kreiseln. Wilder Knöterich breitet sich rasend schnell aus und wuchert über alles hinweg. Mit der Kraft seiner Wurzeln umschließt der Knöterich die gläserne Fassade des Raumes. Der Knöterich bricht die Scheiben und dringt in den Raum und überwuchert das Fließband, dass es stillsteht. Der Nachtwächter läuft und läuft an immer der gleichen Stelle, merkt nicht, dass der Knöterich alles überwuchert, und dass das Fließband sich nicht bewegt. Die Frauen draußen, mit den Kindern, sind einfach weggegangen. Spürt der Nachtwächter ihre Nähe, neben seinem Blickfeld, versucht er einen ihrer Blicke für sich zu haschen. Sofort sind sie weg, nirgends zu sehen.

Die Schreckgespenster vergangener Tage sind wieder graue Herren in grauen Mänteln und mit Sensen in der Hand, hinter ihnen stehen geschützt die Frauen, mit den Kindern. Die Landsknechte vergangener Tage gehen zu dem gläsernen Kubus, der jetzt etwas schwankt. Die schwarzen Wogen sind nirgends zu sehen.

»Es werden mehr und mehr dieser Kreaturen. Ist es ein Alptraum? Ich glaube wohl!«, spricht der Nachtwächter in einem Atem, als sei es sein letzter gewesen.

Die grauen Wesen klopfen an die Scheiben und drücken ihre Nasen und Hände an die Scheiben wie kleine Kinder. Dem Nachtwächter wird es mulmig zumute. Er denkt, das ist nur ein Traum! Sie können mir nichts tun! Es macht klick und weg sind sie, diese hämisch komischen Kreaturen dieser Nacht.

Am Morgen wird die Sonne aufgehen und sie zerbröseln. Diese Wesen werden verschwinden wie Schnee, der schmilzt. Dem ist nicht so. Der Nachtwächter steht im Kubus wie festgefroren. Am Waldrand baut sich eine Mauer auf wie von unsichtbarer Hand. Stein um Stein, reiht sich einer an den anderen, bis sie steht, die graue Mauer aus Sand. Der Wind schleift die Steine der Mauer an den Ecken zu Skulpturen wie Soldaten. Über diesem Tun sammelt sich eine Schar dunkler Vögel. Die schnattern wie dreiste, abenteuerlustige Knaben. Die dunklen Vögel sind die Paluk, die sehen die

Soldaten aus Stein an und ihre Blicke treffen in deren Innerstes, geben den Skulpturen den Anschein, als hätten sie Leben und seien nicht nur kalter Stein. Die dunklen Vögel setzen sich einer nach dem anderen auf die Mauer und mausern sich, wechseln das Gefieder.

Die Macht der dunklen Nacht hat keinen Einfluss auf das, was diese Vögel tun. Unten vor der Mauer steht das weiße Pferd, ganz ruhig. Es schabt etwas mit den Hufen in den Grund. Ein goldener Schlüssel liegt in der Erde vergraben. Die Vögel auf der Mauer verlieren die dunklen Federn und den restlichen Flaum. Sie gackern wie aufgescheuchte Hühner. Im Nu verwandeln sich die dunklen Küken in stolze und bunte große Vögel. Die Paluk sind jetzt bunte Riesenvögel, mit vielen goldenen Federn.

Die grauen Herren an den Scheiben, mit den Frauen und den Kindern, zerfließen wie Regen an den Scheiben und sickern in den Boden, sind weggewaschen. Am Boden glänzt der Kies, auch etwas nasser Sand, in dem ein Häuflein Quarz schimmert.

Der Knöterich hat begonnen, die gläsernen Wände im Kubus zu brechen. Der Nachtwächter verpasst nicht die Gelegenheit, hastig aus dem Kubus zu steigen. Ihm ist mächtig heiß geworden innen drinnen. Mittlerweile zeigt sich die morgendliche Sonne, nimmt die schaurigen Gestalten dieser Nacht einfach weg und lässt den Dunst aus Nebel verschwinden. Des Nachtwächters Puls klopft ihm bis in den Hals und er weitet sich verschwitzt den Kragen.

Von weit her ist ein Schreien wie ein Kind zu hören. Oder sind es Katzen? Der Knöterich wuchert über alles hinweg, legt sich um die Beine des Nachtwächters wie kleine Schlingen. Der Nachtwächter klettert auf einen Baum. Weit ins Landesinnere kann er sehen. Die Wolkenschwestern sausen in prächtigen Gewändern an. Die Schwestern tragen prächtige Kleider, die eine ein rotes, die zweite ein gelbes, die dritte ein blaues, die vierte ein grünes und die fünfte ein violettes. Die Sonne scheint an die Kleider, dass die in ihren Farben kräftig leuchten und etwas glänzen. Stehen die Frauen beisammen, mischen sich die Farben ihrer Kleider und eine einzige Farbe ist auszumachen, etwas wie ein Weiß.

Eine der Schwestern fliegt hin zu dem weißen Pferd und nimmt den goldenen Schlüssel. Den bringt sie zum großen Tore vor der Siedlung und siehe da, der Schlüssel passt!

Das Tor schließt sie ab, dass kein Feind eindringen kann. Sie will den Schlüssel einem Wicht bringen, der am Tore Wache steht. Kriegen den Schlüssel die Füchse zu fassen, ist es um die Siedlung längst geschehen. Noch ahnt niemand, dass der Nachtwächter den Schlüssel für sich genommen hatte, als er damals einem Wicht, der Wache an dem Tore vor der Siedlung hielt, einen bösen Ulk ins Ohr hat eingeflößt. Er holte ihm die bitteren Erinnerungen vergangener Tage in sein Gedächtnis zurück.

Vor Schreck hat der Wicht sich verstecken wollen. In der Eile, ein Versteck zu finden, wo ihn die schaurigen Träume nicht kriegen, hat er den Schlüssel tollpatschig fallen lassen. Der Nachtwächter hat den Schlüssel genommen und hier in der Erde vergraben, um abzuwarten, wann eine passende Gelegenheit sei, die Füchse in die Siedlung zu lassen. Die Macht der dunklen Nacht will, dass die Füchse in die Siedlung gelangen. Die Paluk und die Mauer, nichts ist mehr zu sehen. Die Vögel sind weggeflogen und der Knöterich hat alles Gemäuer überwuchert. Die Träume sind gezähmt und der Nachtwächter, der die Nacht bringt, sieht wie eine alte schrumpelige, verbeulte Kartoffel aus, in seinen schweren, schwarzen Mantel gehüllt.

In der Ferne heulen Füchse und heben ihre Köpfe, die sich als dunkle Silhouetten gegen die klare, helle runde Mondform abzeichnen. Am Waldanger gehen zwei Gestalten. Es sind Edwin und Fibus. Sie suchen nach Barlow, der nicht in der Siedlung ist. Das Mondlicht spiegelt sich auf dem Meer. Das Meer treibt ruhig und behände kleine Wellen an den Strand. Das Rauschen vom Meer her wirkt mächtig. Der Wind schaukelt die Wellen des Meeres in einen Takt, der sehr tragend und richtig wirkt. Schweren Schrittes wankt Edwin. Er ist sehr müde und mag kaum einen Fuß vor den anderen tun, ohne einzuschlafen. Alles, was Edwin im Moment wirklich will, ist schlafen.

Im Hintergrund schwappt das Meer ruhig und gleichmäßig. Fibus ist gebannt von dem gleichmäßigen, sanften Rauschen des Meeres und sinkt langsam in den Schlaf. Der Wind streicht sein Gefieder, weht in die Federn, die aufbauschen. Fibus sieht wie ein aufgeplusterter Vogel in Balzgebärden aus. Als der Wind sich in einigen der Federn fängt, sieht Edwin an der Haut des kleinen Vogelkörpers eine Zeichnung, einen Kreis mit Strahlen.

Eine Meeresbrise weht über den Strand und weht kleinere Sandwirbel in die Höhe. Edwin erkennt schlaftrunken aus den müden Augenwinkeln, dass eben im Sand Spuren waren, und zwar Spuren von Pferden, viele Hufabdrücke.

Die nächste Welle aus dem Meer spült diese Abdrücke einfach weg. Die Welle spült nicht nur die Abdrücke weg, sondern auch das, was war, dass da Pferde waren. Edwin weiß nicht, ob er schläft oder wach ist. Er fasst sich an den Arm und spürt den leichten Druck, den er mit seinen kalten Fingerkuppen in seine Elle gibt. Tatsächlich, er ist wach. Edwin reibt sich an den Augen. Bald schläft er ein. Zuvor muss er Äste finden, für ein kleines Lagerfeuer, weit und breit sind keine zu sehen. Wie er in den dunklen Nachthimmel sieht, regnet es einen Sternenhagel. Die vielen Sterne am Himmel purzeln wild umher und kreisen um den Mond, der alsbald von einer schwarzen Nachtwolke Stück für Stück verdeckt wird und nicht mehr zu sehen ist. Am dunklen Nachthimmel entsteht ein Sog und ein kräftiges Ziehen. Was ist das, wundert sich Edwin, der hinter einer Düne kauert und heimlich das Treiben am Nachthimmel beobachtet. Aus dem Sog am Nachthimmel springt ein gigantisches, weißes Pferd.

Das Pferd bildet seine Gestalt aus den vielen Sternen, die es in einem kräftigen Sprung mit an den hellen Strand zerrt. Das große weiße Pferd, das wie durchsichtig wirkt und einen Schweif aus Sternen über seinem Haupt schüttelt, stellt sich auf die Hinterhufe und wiehert wild. Hinter den Dünen kommen zehn andere weiße Pferde geritten. Diese Pferde sind wesentlich kleiner, kreisen um den großen, weißen Hengst und galoppieren allesamt am Strand entlang, in die ferne Dunkelheit hinein, gegen Westen.

Die dunkle Wolke am Himmel gibt den Mond wieder frei, und all die Sterne, die eben verrückt am Firmament ihre Kreise zogen, stehen wieder ruhig an ihren Posten. Edwin sinkt in den vom heißen Tag noch warmen Sand, legt sich zu Fibus. Das Meeresrauschen wiegt Fibus und Edwin in einen tiefen Schlaf. Ein grauer Schleier zeigt sich über dem Meer und jemand tappt im Dunkeln den Strand entlang. Die schreitende Silhouette scheint ein Mann zu sein. Am Kopf trägt er einen großen schwarzen Schlapphut, mit goldenen Bordüren. Ein kleines Äffchen hat sich in der Kuhle am Schlapphut versteckt. Der Mann raucht Pfeife, die aus Elfenbein geschnitzt ist, mit allerlei Verzierungen wie Kreisen und Quadraten, und ein kleiner Elefant ist auch dabei.

Den ausgeblasenen Qualm kann der Mann in kleine Kreise in die Luft hin qualmen. Seine rechte Hand ist groß, die linke Hand ist eine Hakenhand. An dem hölzernen Schaft der Hakenhand sind einige Kerben. Um die Schultern trägt der Mann einen schwarzen, schweren Umhang, mit doppelter Knopfleiste. Edwin sieht den schwarzen Mann genauer an. Es ist der Nachtwächter. Der Nachtwächter sieht Edwin und Fibus nicht, die hinter einer Düne kauern. Ein paar alte Fässer und etwas Schiffsgarn liegen als Treibgut am Strand. Das Äffchen aus dem Schlapphut hüpft auf die Schulter des Nachtwächters und an den Boden. Im Nu versteckt sich das Äffchen hinter einem Bündel Schiffsgarn. Zwei Ratten zischen aus dem Schiffsgarn, die hätten sich gerne ein Nest gebaut.

Der Nachtwächter geht gebückt und hat einen Beutel umhängen, in den er die Brocken vom Strand gibt, die vereinzelt im Sand kräftig leuchtend liegen.

Die Brocken glitzern wie edle Diamanten. Er hustet, der gebrechliche alte Herr, und schiebt seine Kutte ein Stück zurück. Deutlich ist zu erkennen, dass er das faltige graue Antlitz eines sehr alten Herren hat. Er hustet und elf seiner Zähne fallen ihm aus dem Munde, verfaulte, alte, dunkle Zähne. Die weißen Pferde kommen von Osten geritten, keuchend, völlig ermüdet und hungrig, als hätten sie in dieser kurzen Zeit die Welt umritten. Die Pferde schnauben erschöpft und ein jedes geht hin zu einem Zahn. Ein Pferd um das andere tritt mit dem Huf auf einen Zahn und jeder Zahn erstrahlt wieder völlig neu, in hellem Weiß. Der Nacht-wächter verscheucht die Pferde und liest die Zähne auf, gibt sie zurück in seinen Mund. Wieder hat er ein strahlend weißes, jugendliches Lächeln, das aus seinem Munde glänzt. Der Alte geht weg. Die Pferde galoppieren in die unendlich dunkle Nacht. Die, die sie begleiten, sind in dieser Nacht nur die Sterne und der Mond. Edwin legt sich in den vom Tag erwärmten Sand und schläft ein.

Am Morgen in der Siedlung ist alles ruhig. Edwin und Fibus schlafen noch. An diesem Morgen, als Edwin die ersten Sonnenstrahlen fröhlich kitzelnd an der Nasenspitze wecken, sitzt Fibus wie ein brütender Vogel neben ihm. Es scheint ein schöner Tag zu werden. Anstelle des Mondes ist die Sonne gerückt. Die Szenen am Strand mit den Pferden waren Teil der schaurigen Träume, die den Nachtwächter quälten. Edwin weiß um des Nachtwächters Traum und rennt an den Strand, wo die Pferde waren.

Außer ein paar langen Haaren aus dem Schweif eines der Pferde ist nichts geblieben. Die Haare liest Edwin auf, geht ein Stück weiter und wühlt einige Scherben, die wie Tränen aussehen, aus dem Sand. Ein Pferdehaar wickelt sich von seinem Finger und wird vom Winde weggetragen. Als es den Boden trifft, verwandelt es sich in eine kleine weiße Schlange, die zu Edwin schlängelt, sich um seinen Knöchel windet und wieder loslässt. Sie schlängelt seitlich und sehr schnell ins Meer hinein. Edwin spürt ein sonderbares Kribbeln in den Füßen. Die Umgebung um ihn herum wirkt viel kleiner als zuvor. Ist er gewachsen? Fibus hopst ihm hinterher.

»Fibus, hast du sie gesehen, eine Schlange!« Edwin spricht hastig und seine Stimme überschlägt sich fast.

»Du träumst! Suche uns lieber ein paar Beeren oder wenigstens ein paar Blätter der Hagebutte, um Tee zu kochen. Ich will jetzt warmen Tee! Es war wirklich entsetzlich kalt die letzte Nacht!« Fibus nimmt etwas Dünengras und deckt sich zu.

»Weißt du, was gestern Nacht am Himmel war?« Edwin guckt unruhig um sich.

»Höre auf zu träumen! Das ist das Leben, dem einen zeigt es sich, dem anderen nicht!« Fibus kuschelt sich in einen Blätterhaufen.

Edwin kramt etwas aus seiner Tasche und zeigt Fibus einen Stein.

»Schau, das ist der Beweis! Das ist der Rest des Sternes, der vom Himmel fiel!« Edwin nickt unaufhörlich.

»Das ist die Scherbe einer alten Glasflasche, die jemand ins Meer geworfen hat.« Fibus dreht sich zur Seite und will endlich Ruhe haben.

»Nein!«, sagt Edwin, mit absoluter Sicherheit in der Stimme.

»Das ist von einem Stern!« Edwin geht zu Fibus und streicht durch sein Gefieder.

An einer Hautstelle ist unter dem Gefieder ein Ornament wie eine Sonne zu sehen. Wie einen lieb gewonnenen Handschmeichler reibt er das vom Meer geschliffene Glasstück. Es fühlt sich an wie ein kleines Herz. Für ihn ist das ein Teil eines Sternes. Ihm ist es egal, ob Fibus ihm glauben mag. Edwin guckt in die Scherbe, die einer Murmel ähnelt.

Im Inneren der Scherbe sieht er etwas, das sehr schön glänzt und leuchtet. Er dreht und wendet die Scherbe, an die das Meer runde Kanten geschliffen hat. Er poliert sie, haucht sie an und jetzt kann er ganz deutlich sehen, was diese wunderschöne Scherbe in sich eingeschlossen hat. Drinnen ist ein sehr kleines, weißes Pferd. Das kleine Pferd ist die gebündelte Energie einer guten Kraft. Edwin beschließt für sich, dass diese Scherbe sein Glücksbringer sein wird.

Er geht zu Fibus hin, zeigt ihm die Scherbe: »Schau, ist dieses Herz nicht wunderschön!«, beide schlendern zurück in die Siedlung. Barlow kommt ihnen entgegen.

Auch er war draußen gewesen in der Nacht, als Katze. Fibus und Barlow gehen voraus. Edwin schlendert ihnen in einigem Abstand hinterher. Er ist etwas in sich zurückgezogen und hält ständig die Scherbe in der Hand. Jetzt sieht er sich selbst oben am Anger stehen, mit einem Pferd an der Hand.

Edwin fühlt sich komisch, sieht er sich. Er will das, was er am Anger sieht, für sich behalten. Fibus würde ihn wieder für verrückt erklären, erzählte er ihm, was er sieht. Das Pferd oben bei dem Knaben ist weiß und leuchtet. Das ist das Pferd aus den Sternen. Diesmal nicht ganz so groß.

Das Pferd ist der Freund des kleinen Knaben und beugt sein Haupt zu dem kleinen Kerl nieder. Der legt die Wange an die Schnute des Tieres und hat es gern.

Der Junge sieht zu Edwin und hat Augen voller Energie. Das Pferd richtet sich wieder auf und wiehert. Das Wiehern soll etwas sagen, und zwar plärrt das Pferd von da drüben zu ihm hierhin, der nur die kleine Scherbe hat und nicht das Pferd in echt.

»Lass dir sagen, du musst das Geheimnis mit der Scherbe für dich behalten! Nur du verstehst es. Nimm den Stein immer, wenn dir Gefahr droht, und lege ihn an dein rechtes Ohr. Du wirst die Klänge der Gerechtigkeit hören, woher die Pferde stammen. Sie werden kommen und dir helfen. Wenn nötig, reitest du mit ihnen davon!«, sagt das Pferd, mit viel zu großen Lippen.

Das Bild am Anger wird blass und vergeht, wie die Zeit scheidet, ist weg und nicht gebildet nach vorne. Es ist bloß eine Illusion vor mächtiger Kulisse, dem Meer. Das Pferd mit dem Knaben ist die Zeit, die nur an sich ist, nicht gerichtet nach hinten oder vorn. Der Junge mit dem Tier symbolisiert eine Zeit, nicht am Anfang noch am Ende. Der

Junge am Anger ist das Kind der Ewigkeit, wo Liebe und Glück regieren. Edwin weiß um dieses Kind und kennt es aus manchem Traum. Kaum hat er es gesehen, ist es wieder verschwunden.

Der Fuchs mit dem gelben Tuch

All die Lande hüllen sich in die Ruhe des beginnenden Herbstes. Die sommerliche Blütenpracht hat sich längst in Traufen mit Beeren, Äpfel und Nüsse verwandelt.

»Kikeriki!«, kräht ein Hahn.

Edwin hat Durst und will an den Teich, um zu trinken. Er geht zum Teich. Auf der Wasseroberfläche des Teiches sieht er Flämmchen umherhuschen, die winken ihm zu. Die Flämmchen tanzen und kreisen über der Wasseroberfläche. Es sind die Mützenlichter, die spielen. Sie sehen Edwin und wünschen freundlich guten Morgen. Edwin nimmt Wasser mit seinen Händen und trinkt. Müde schaut er in das spiegelnde Wasser des Teiches. Aus dem Wasser schaut ihn etwas an.

Ein Gesicht mit unklaren Umrissen blickt ihn mit großen Augen an. Das Gesicht wirkt verzerrt, verschwindet mit den strudelnden Bewegungen des Wassers und zerfließt in viele Farben, verliert sich. Überlegt Edwin es sich genau, kennt er die, die er gerade im Wasser gesehen hat. Sie ist Endalia. Endalia steht neben dem Teich und spiegelt sich im Wasser. Ihr Drache frisst unweit an einer Wegwarte. Auf der Wasseroberfläche des welligen Wassers formen sich kleine, kreisförmige Strudel.

»Wo sind die Flämmchen?«, denkt Edwin.

Am Waldrand sitzen sie in einer Tanne und leuchten wie Weihnachtsschmuck. Die vielen kreisenden Bewegungen und der Wasserstrudel auf der Wasseroberfläche des Teiches haben sich gelöst. Das Wasser liegt ganz ruhig. Endalias gespiegeltes Gesicht ist verschwunden. Edwin perlen Schweißtropfen in die Augen und er sieht verschwommen.

Neben dem Teich breiten viele kleine Gestalten ihre Arme aus und heißen Edwin willkommen. Jetzt sieht Edwin wieder ganz klar. Die Tierchen neben dem Teich breiten keine Arme aus, sondern Flügel. Es sind Hunderte an Vögeln, erst einer, zwei und schließlich ewig viele, die sich sammeln. Neben dem Wasser schwingt eine ganze Heerschar an Vögeln mit viel Geschnatter und Vogelgezwitscher in die Lüfte und verdunkelt den Himmel.

Der riesige Vogelschwarm landet und trocknet sich oben in den Baumkronen das Gefieder. Die frechen Lichtchen der Wichte lachen hallend, bündeln sich zu einer hellen Kugel, die linksdrehend um die eigene Achse dreht und etwas über dem Erdboden schwebt. Die Lichtkugel flitzt rasend schnell in den Wald, weicht jedem Baum geschickt aus und zieht einen Schweif wie ein Komet hinter sich her. Einer der Vögel steigt aus den Baumkronen als Leitvogel auf, dem die anderen folgen.

Ein Vogel nach dem anderen hebt ab und schwingt sich in die Lüfte. Die Vögel fliegen durch den strahlend blauen Himmel und gruppieren sich im Flug in geheimnisvolle Zeichen, erst wie ein Kreis, danach wie ein Dreieck, das auf der Spitze steht. Nicht besonders lange halten die Vögel diese sonderlichen Formationen. Der Vogelschwarm lässt sich wieder auf den Bäumen nieder.

»Was sind das für Vögel?«, wundert sich Edwin.

Der Kopf liegt ihm im Nacken. Gebannt blinzelt er in die Bäume, zu den Vögeln.

»Siehst du sie? Das ist mein Schwarm, die Paluk. Es wird Zeit für mich, ihnen zu folgen. Heute ist mein Flügel wieder heile und ich werde zu den Meinigen ziehen. Auch die Füchse sind aus unserer Galaxie. Nur sie, sie beschützen nicht, sie jagen. Hier, Edwin, du sollst ein paar Goldmünzen haben.

Behalte sie für schlechte Zeiten!« Fibus schnattert inbrünstig, die kleine Schnatterschnute, und wirft ihm die Münzen hin.

Fibus hüpft auf einen Stein und verändert sich. Sein Gefieder wächst wie im Zeitraffer. Er mausert sich und wird ein wunderschöner, großer Vogel, mit goldenem Gefieder. Fibus beachtet Edwin nicht. Die Vögel beginnen wieder einer nach dem anderen zu fliegen. Fibus fliegt mit ihnen.

Die großen Vögel verschwinden in den Horizont hinein und sind nur noch als schwarze Punkte am Himmel zu erkennen. Schließlich sind selbst die schwarzen Punkte in den Horizont hinein verschwunden. Edwin blinzelt, von hellem Morgenlicht beschienen, in den Himmel.

Der Himmel ist wunderschön kräftig blau und kein einziges Wölkchen ist zu sehen. Der Wald wacht langsam auf, in den Tag hinein. Es verspricht ein warmer Herbsttag zu werden. Die Sonne scheint sehr kräftig und wärmt. Edwin sammelt das Gold auf und gibt es in seine Taschen.

Aus dem Nichts heraus stehen jetzt im Kreis um ihn die Füchse, er ist umzingelt. Edwin klopft das Herz vor Angst bis zum Hals. Das Blut in seinen Adern stockt. Die Füchse wenden sich von ihm ab und ein jeder hastet in eine andere Richtung. Sie laufen und ihr Antlitz zerfällt in kleine, rußige Wehen aus Asche, die als Schatten in das Dickicht des Waldes ziehen.

»Jetzt sind sie alle weg, die Paluk und die Füchse. Ob sie jemals wiederkehren werden? Du mochtest diesen Vogel, oder? Nichts ist für immer, das wissen wir. Wollen wir in die Siedlung?«, fragt Endalia und tritt zu Edwin hin.

Edwin willigt ein und sie gehen zusammen zur Siedlung. Von Weitem ist zu sehen, dass mit der Siedlung etwas nicht stimmt. Die Siedlung ist zerfallen in Ruinen. Vieles ist mit seltsam weißem Garn verwoben. Die Astwindungen,

Höhlen und Fuchsbauten sind bedeckt mit Weben und Spinnfäden. An den Weben haben sich Tautropfen gesammelt, die in der Morgensonne bunt und in vielen Farben schillern. Die silbrigen Tropfen hängen an den Spinnfäden wie Musiknoten in den Zeilen. Überall sind diese Spinnfäden, zwischen Gräsern, Blumen und Zweigen.

Jeder dieser Spinnfäden ist eine Achse, die einen fremden, nicht sichtbaren, imaginären Raum trägt. Von den Wichten ist nichts zu sehen. Die Siedlung wirkt verlassen. Die Bäume, die am Morgen noch grün und saftig waren, sind nun morsch und knorrig. Alle Blätter sind abgefallen. Die Bauten der Wichte wirken verwittert. Es ist kaum zu erkennen, dass die Wichte hier hausten. Die vielen Steine sind mit dichtem Moos und Flechten bedeckt. Edwin versteht die Welt nicht mehr. Ist er im Traum?

»Es ist nichts mehr, wie es war«, sagt Endalia gesenkten Hauptes.

Der Nachtwächter hat das Tor aufgeschlossen und offenstehen lassen. Die Füchse sind in die Siedlung geschlichen.

»Die Vergangenheit hat die Gegenwart erreicht. Die Wichte sind in der Vergangenheit geblieben, samt ihrer Tiere. Warum nur? Ich weiß es nicht. Ich denke, die Füchse der Ebene haben ihren Sold geleistet. Es ist, wie es ist.

Die Füchse waren, als hätten sie Feuer in den Augen. Sie schnaubten sich an. Ein jeder für sich hat angefangen, sich im Kreis zu drehen, den eigenen Schwanz fassen zu wollen und nicht fangen zu können. Das ging eine Weile, bis der Boden heiß wurde, und die Füchse tanzten wie toll geworden weiter. Die Füchse drehten sich im Kreis und rieben Mulden in die Erde. Der Boden wurde heißer und heißer. Ein fürchterlicher Wind blies, und bald folgte ein Sturm. Die Füchse drehten, linksdrehend, so schnell, dass sie als im Wind tosende Wirbel zu erkennen waren. Risse bildeten sich in dem Grund überall und die Erde hat leicht gebebt. In den Rissen quoll feuerrote Glut, die langsam zäh aus den Rissen drang. Einige Wichte haben alles stehen und liegen gelassen. Sie sind nach oben in die Hänge gelaufen.

Donner und Blitze krachten und zischten durch den dunklen Himmel. Es hatte angefangen, fürchterlich zu regnen, und der tosende Wind fegte die Hütten weg. Die Füchse konnten mit ihrer Kraft des Drehens den Regen einfach abwehren. Sie wurden nicht einen Tropfen nass. Später sind sie weggerannt, in den Wald, und waren nicht mehr zu sehen.

Eine gigantische Welle aus dem Meer hat die Siedlung weggespült und hat all das Treiben in der Siedlung weggeschwemmt. Ein eisiger Wind hat das Geröll in eine schlammige, fast schwarze Flut gemengt. Aus dem Meer waren Fische, Seeotter und selbst Wale an Land gespült worden. Die nächste Welle hat die Tiere zurück in das Meer gegeben!« Endalia spricht verzweifelt, den Tränen nahe.

Sie versucht in den Wolken etwas zu sehen, was ihr zeigt, warum die Wichte gegangen sind. Die Wogen am Meer treiben sanft hin und her.

»Die Ebene hat sich gezeigt und tat sich auf wie ein großes Bild, das über den Landen schwebte. Was sie zeigte, waren schöne Erinnerungen vergangener Tage wie in einem Spiegel. Die Ebene zeigte keine Bilder, wie es ist hier und jetzt, nur Bilder von den Wichten, als sie fernab in den Bergen lebten, weit weg tief drinnen im Tal, wo die Füchse niemals sind. Die Füchse mögen die Kälte der verschatteten Talsenken nicht.

Die Wichte versuchten hinzugehen zu dem, was die Ebene zeigte. Schon war es geschehen, alle waren sie weg, wie vom Erdboden verschluckt. Sie waren zu schwach, um Willen zu zeigen. Ein letztes Mal winkten die Wichte aus der Ebene, solange bis das Bild verschwommen war, verblasste und schließlich verschwand. Jetzt sind sie alle weg. Sie sind in der Vergangenheit geblieben. Wo sind sie hin, in das Tal vergangener Tage? Man weiß es nicht.

Das Bild wirkte verzerrt und flimmernd. Nichts war geblieben, keine Katze, die miaut, oder eine Maus, die im Dunklen durch das trockene Gras raschelt. Der Sturm hat die Glut erloschen und die Erde hat aufgehört zu beben. Edwin, du warst nicht da! Die Schwestern haben im Morgengrauen in der Siedlung zumindest das, was von ihr übrig geblieben war, mit Spinnfäden verwoben und mit Tau bedeckt, damit es nicht so wüst aussieht, nach dem Sturm.

Ein letztes Mal zeigte sich die Ebene in dem Bild, dass die Wichte sich im Drüben neue Hütten gebaut hätten und glücklich seien.« Endalia holt tief Atem und seufzt.

Sie tätschelt ihrem Drachen an die Stirn, der hinzugekommen ist und um Futter bettelt. Den Drachen weist sie an wegzugehen und sie selbst verschwindet hinter einem dichten Vorhang aus kleinen Regenschauern, der wie ein Theatervorhang zwischen zwei Bäumen hängt. Endalia winkt Edwin zu sich in einer Geste, als wäre bei ihr, wo sie steht, etwas, was Edwin unbedingt sehen sollte. Sie winkt unermüdlich. Schließlich ist Endalia nicht mehr zu sehen.

Hinter einem Busch schleicht ein Fuchs hervor. Der Fuchs ist hager. Es ist ein ganz gewöhnlicher Fuchs, kein Fuchs der Ebene. Dieser Fuchs ist ein dünnes, kleines Tier, das einen Hunger in den Augen hat, als hätte es seit Tagen nichts gefressen. Der Fuchs ist hungrig und will eine Nuss vom Baum vor ihm haben. Erst hüpft er ein wenig in die Höhe, mehrmals hintereinander, und kann die Nuss nicht kriegen. Noch einmal springt der Fuchs. Diesmal mit einer

Konzentration, als seien Fuchs und Baum dasselbe. Der Fuchs hat willentlich die Nuss längst geschnappt, bevor er wirklich springt. Es sieht aus, als fiele dieser kurze Augenblick, die Nuss haben zu wollen, zu ihm hin und er, der Fuchs, ist nur demütiger Diener einer fremden Instanz, die ihm diese Frucht gibt.

Ein Spuk liegt in der Luft. Der Fuchs springt hoch und kriegt mit seiner Schnauze die Nuss zu fassen. Mit der Nuss im Maul plumpst er mit seinem Vorderteil voran auf ein Stückchen Moos. Der Fuchs will sein mühsam errungenes Mahl genießen und macht es sich auf dem Stückchen Moos bequem. Weiter weg bellen und jaulen Hunde. Hoffentlich keine Jagdhunde, die des Fuchses Fährte aufgenommen haben. Der Fuchs knackt die Nuss mit seinen scharfen Eckzähnen auf, und was ist drinnen? Nicht etwa eine schöne reife Nuss. Nein, ein gelbes Tuch!

»Was, ein gelbes Tuch!«, raunzt der Fuchs.

»Wer bist du?«, fragt der Fuchs.

Der Fuchs schlottert am ganzen Leib, ihn friert vor Hunger.

»Kannst du sprechen? Wo ist Fibus, kennst du ihn?« Edwin blickt ihn fragend an.

»Nein, den kenne ich nicht. Gehe zum Teich! Dort wird etwas Besonderes geschehen!« Der Fuchs packt das Tuch mit der Schnauze und legt es vor Edwin.

Ehrfürchtig geht der Fuchs zurück an seinen Platz. Das Tuch ist wie eine besondere Gabe, die Edwin haben soll. Edwin nimmt das Tuch und bindet es sich um den Hals.

»Was ist das für eine Nuss, in der ein gelbes Tuch liegt? Haben die Schwestern sich einen Schabernack gemacht, die albernen Ulknudeln?« Edwin zwinkert zu dem Fuchs.

Oben in den Bäumen knattert es. In der Baumkrone

hängt ein komisches, großes Ding, ein Kokon einer Spinne. Edwin hebt vom Boden einen Stock auf und klopft mit dem Stock an den harten, gelblichen Kokon.

Edwin hat keine Scheu, kräftig auf den Kokon zu klopfen, bis der wie eine Eierschale anfängt Risse zu bilden und letztlich bricht. Ein kleiner Schweif aus goldenem Haar ragt aus der Schale.

»Bist du eine der Schwestern? Wolltest du bleiben? Nicht mit den Träumen ziehen, durch die Ebene in eine andere Galaxie entfliehen?« Edwin ist neugierig.

Keine Antwort folgt. Edwin wird es mulmig zumute. Er versteckt sich hinter einem Baumstumpf. Dort hat er einen guten Blick auf das, was aus dem Kokon schlüpft. Erst greifen ein paar kleine Finger an den Rand der Schale, die drücken die Schale weg.

Ganz langsam blicken zwei glasige, kräftig blau leuchtende Augen über den Schalenrand. Schließlich klettert die ganze Gestalt aus der Schale und springt vom Baum auf den Boden. Die Gestalt bewegt sich gebückt und orientierungslos hin zu Edwin.

»He, Edwin! Ich habe dich längst entdeckt! Habe keine Angst vor mir! Ich bin es, Krypta!« Sie richtet sich auf und dreht sich tänzelnd wie eine Ballerina.

Ihr Kleid aus Tüll tut sich mit den leichten Drehbewegungen auf wie eine Glocke. Sie dreht und dreht sich, streckt die Arme seitlich aus. Es ist ihr anzusehen, dass sie es mag, wie sie sich in ihrem neuen Kleid bewegt. Sie bleibt stehen und der Rock schließt sich wie eine Blüte zur Nacht. Sie ist es, Krypta. Sie wirkt anders als zuvor. Sie strahlt und ist ungemein fröhlich. Ihr Aussehen ist auch anders. Sie hat nun sehr helle Haare, die golden glänzen. Ihr Kleid ist nun aus weißer Seide, mit goldenen Bordüren und goldenen Schleifen gebunden. Dazu trägt sie goldene Schuhe, die fest an ihren Füßen sitzen, als wären sie nur für sie gemacht.

Über und um sie wiegt ein Zauber wie tausend kleine Blütenblätter, die sanft herabregnen. Krypta wirkt ausgesprochen glücklich.

»Endlich bin ich auf festem Grund! Zurück bin ich! Verstehst du mich, Edwin? Wieso versteckst du dich? Ich tue dir nichts. Die Schwestern haben Wolkenfäden mit Mehl gebacken wie Brotteig und mich gebeten darin Platz zu nehmen.

Im Kokon sollte die Wärme, die sich innen bildet, auf mich wirken, dass ich schwitze. Im Schweiße sollte sich Fewlas Fluch aus mir auswaschen. Siehst du die ölige Lache, die sich unterhalb des Kokons gebildet hat? Im Abendlicht schimmert sie schön in Regenbogenfarben. Gehe nicht zu ihr hin und lass dich nicht von ihrem Glanz blenden, sie ist trügerisch. Das ist schwarzes Öl, wie Pech. Endlich habe ich es los. Trifft das Öl ins Wasser, färbt es sich bunt. Auch wenn du dich nicht zeigst, ich spüre deine Nähe. So sei es! Ich will zu meinen Schwestern! Siehst du die Wolken, die über uns vorüberziehen? Das sind sie!« Krypta springt, die in ihrer neuen Schönheit kaum wiederzuerkennen ist, etwas auf der Stelle, bis sie richtig Schwung kriegt.

Sie springt an einen Ast, schwingt in die Baumkrone und schwebt auf kleinen Wölkchen in die Höhe.

»Mein Name sei von nun an Kyrie! Ab jetzt bin ich die Schönste unter den Elfen! Mein Kleid ist bunt, in vielen Farben schillernd«, sagt sie von fern, in einer ungewöhnlich zarten und weichen Stimme, eine Stimme, wie Krypta sie einst nie gesprochen hat.

Edwin hört sie kaum noch. Sie ist hinter die Wolken hoch am Himmel gezogen.

»Warum bleibst du nicht?!«, ruft Edwin ihr hinterher.

Endalia kommt hinzu, steigt auf ihren feurig roten Drachen und fliegt in Kreisen über Edwin. Sie hebt im Fluge ihren Arm mit der Armbrust und zeigt eine siegreiche Geste.

»Es ist vorbei! Die alte Zeit, sie ist gegangen!«, jubelt sie entsetzlich laut wie im Siegesrausch.

Im Nu ist sie mit ihrem Drachen in den Wald hinein verschwunden. Edwin ist verunsichert. Ist er jetzt ganz allein? Sind sie alle gegangen, die Füchse, die Wichte, Barlow, die Wolkenschwestern und ach, sein geliebter Freund Fibus? Lassen ihn nun alle im Stich? Müde setzt Edwin sich an den Teich. Er sieht in das Wasser des Teiches, das sich in kleinen kreisenden Bewegungen sammelt und trennt.

Kleine sperrige Strudel finden sich an herausragenden Steinen und trennen sich in verzerrten Farben, in langen bläulichen und weißen Schlieren. Das Farbenspiel des Wassers hat ein dynamisches Eigenleben, hat sanfte Farbübergänge, von bläulich, braun, grün und weiß. Am Ufer sind Enten in ähnlichen Farben, die die Grassoden, die ins Wasser ragen, mit ihren Schnäbeln nach Futter durchwühlen.

Laub schwebt sanft über der Wasseroberfläche und wird von spritzendem Wasser in die dunklen Wasserwogen weggerissen. Edwin sieht in das Wasser und sieht sein Spiegelbild. Ganz allein spiegelt er sich im Wasser mit den Wolken am Himmel. Sanft und ein wenig regungslos sieht das Gesicht ihn an. Ein schöner, hübscher Knabe hebt die Hand zu ihm hin, als wolle er die Hand reichen. Als sich die Hände an der Wasseroberfläche treffen, wo Edwin in das Wasser fasst, spürt er ein plätscherndes, kaltes Nass. Der gespiegelte Junge, der ihn mit verheißungsvollen Augen ansah, ob er denn nicht wüsste, wo die anderen alle sind, ist weg. Nur

Wellen und Strudel sind an der Wasseroberfläche zu sehen, kein Gesicht mehr.

Wer war das im Wasser? War das wieder der Junge mit dem Pferd, oder diesmal sein tatsächliches Ich?

Der Karpfen

Ein ziemlich dicker Fisch schwimmt im seichten Wasser des Teiches. Die Frösche, die im Teich auf den Blättern der Seerosen sitzen, quaken laut. Die Sonne schickt ihre Strahlen durch das Wasser des Teiches. Das Wasser wird warm wie eine laue Brühe. Am Ufer sitzen schwarz und weiß gescheckte Hasen und knabbern den grünen Klee. Vögel waten durch das Schilf an den Ufern des Teiches. Der dicke Fisch ist ein Karpfen, stöbert am Grund des Teiches im Schlamm und stupst mit seinem Fischnäschen etwas an.

Der Karpfen schwappt ein Stück nach vorn und patscht mit der Schwanzflosse einen kräftigen Ruck zu dem glitzernden Ding, das er eben entdeckt hat.

Was ist das? Im Schlamm versteckt sich etwas und glänzt wunderschön. Das Ding ist eine Muschel und der neugierige Karpfen versucht sie zu öffnen. Die Muschel ändert ständig die Farben von gelb, rosa, violett und grün bis blau.

»Hat sie Stimmungsschwankungen?«, blubbert der Karpfen.

Der Karpfen stupst die Muschel an und nichts passiert. Vorsichtig wühlt der Karpfen die Muschel aus dem Schlamm und knabbert an ihr. Im Wasser tummeln sich kleinere Schwärme bunter Fische. Als die Fische den Karpfen bemerken, huschen sie aufgeregt hinter die vielen Wasserpflanzen und verstecken sich dort wie unsichtbar.

Das Wasser wiegt die Pflanzen mit den kleinen Fischen langsam vor und zurück. Im sandigen Grund schnappt plötzlich etwas auf. Kaum hat der Karpfen es bemerkt, wühlt es sich wieder in den kiesigen, sandigen Boden und wirbelt im Wasser eine braune Wolke auf. Es ist ein Hecht. Der Hecht

gleitet durch das Wasser zu der Muschel und will sie schlu-
cken, in sein großes Maul. Das passt dem Karpfen nicht und
der patscht dem Hecht mit seiner Flosse eins kräftig über.
Erschrocken flüchtet der Hecht und gleitet schier ohne Be-
wegung durch das Wasser. Der Karpfen runzelt die Stirne
und schwimmt zu der Muschel. Die ist etwas aufgeklappt
und zeigt zwei kleine Äuglein.

»Du bist aber keine Forelle, oder?«, verdutzt schaut die
Muschel zum Karpfen.

»Was ist mit dir?«, erschrickt der Karpfen.

Die Äuglein quellen der kleinen Muschel etwas stielartig
über. Sie redet, als hätte sie sich verschluckt, hustet fürchterlich und speit fast.

»Urg, igitt, igitt!« Sie spuckt etwas aus.

»Was ist das?« Etwas zögerlich schwimmt der Karpfen zu
dem, was die Muschel ausgespien hat.

Der Hecht blickt argwöhnisch, gierig hinter einem Riff
hervor. Er hat mächtig Appetit auf das, was die Muschel
gespuckt hat. Der Hecht ist nicht dem wachen Blick des
Karpfens entgangen. Der Karpfen schwimmt zum Hecht
und vertreibt ihn in die aufgewühlte Brühe des Teiches.

»Muschel! Geht es dir nicht gut? Du bist so grün!«, sorgt
sich der Karpfen.

»Unten im Schlamm habe ich ein kleines Nest in den
Sand gewühlt. Kannst du es sehen?«, blubbert die Muschel.

Der Karpfen blickt nach unten. Verschwommen sieht er
ein paar Kügelchen.

»Das sind fünf grüne Perlen. Du hast Perlen gespuckt?«,
staunt der Karpfen.

»Das hast du gut beobachtet!«, erwidert die Muschel stolz.

»Du musst wissen, es sind Perlen, smaragdgrüne, leicht
ovale Perlen«, sagt die Muschel und lächelt.

Die Muschel schwimmt weg. Der Karpfen nimmt die Perlen in sein Maul und wirft sie weit an das Ufer, wo Edwin sitzt. Edwin steht auf und sucht im Kies eifrig das, was Endalia ihn geheißen hat. Er findet aber nichts. Jeden Stein dreht er um. Nichts als viele Kellerasseln findet er. Warum wollte Endalia, dass er zum Teich geht? Aus dem Teich flitzt etwas hervor und schlittert über das Wasser.

»Das sind keine Steine! Was ist das?« Vor Edwin hin fallen fünf kleine smaragdgrüne Perlen.

Die Perlen liegen im Kies am Ufer und glitzern. Sie wechseln die Farben. Edwin bückt sich und will die kleinen Perlen nehmen. Sind die Perlen heiß? Warum dampft es um sie? Um die Perlen steigen kleine Wölkchen auf. Aus den Wölkchen formen sich kleine Köpfchen und Hände. Was sind das für Kreaturen, die sich langsam aufblähen, bis sie in voller Gestalt im Kies stehen?

Es sind Fewlas Schwestern. Eben noch die Wölkchen, treten jetzt vor Edwin die fünf Schwestern. Fewla ist nicht mitgekommen. Die Schwestern haben sehr große Ohren, die, von der Morgensonne beschienen, kräftig rosarot leuchten. Leuchtend goldene Augen haben sie, und goldenes, welliges Haar obendrein. Ihr Haar hat die Strahlen der Sonne eingefangen.

Die Schwestern tragen weiß leuchtende Blusen und mit Blumenmotiven bedruckte Kittelschürzen. In der Sonne strahlen die Schürzen in satten Farben. Goldene Schuhe tragen die Schwestern an den Füßen wie Ballerinen. Mit geschmeidigen und anmutigen Bewegungen tippeln sie scheu und neugierig zu Edwin. Jede der Schwestern hat einen Besen in der Hand. Langsam, erst gebückt, richten die Schwestern sich auf und bewegen sich vorsichtig aufeinander zu. Sie klicken mit den Stöcken einen Takt. Eins, zwei, drei und Pause, und die vier. Noch einmal diesen Takt, der wird im dritten Umlauf schneller, und in der vierten Bahn stellt sich ein gleichmäßiges Ticken ein. Was sie ticken, ist der Takt der Zeit. Sekunde um Sekunde geht das eine Weile. Edwin ist sichtlich unruhig, fast beklemmt von diesem Tun. Es ist ihm anzusehen, dass er sich mit den Schwestern am Ufer nicht sonderlich wohl fühlt. Hat er die Schwestern in ihren Blicken getroffen, sehen sie ihn prüfend an und sind entzückt.

Edwin findet Gefallen an den komischen Weibern. Sie fällt ab von ihm, die Unruhe. Mit den Besen klappern die Schwestern wieder. Das klingt wie Hirsche in der Balz, die mit ihren Geweihen aneinandergeraten. Das Klappen und Klappern macht kein Ende. Die Schwestern jammern dazu bitterlich, schluchzen und seufzen. Bis ihr Weinen in der nahegelegenen Gebirgsschlucht wie ein grauenhaftes Klagen widerhallt. Dieser Klang ist so geballt und stark, dass kleinere Äste von den Bäumen brechen. Was haben die Schwestern bloß? Warum müssen sie so bitterlich weinen? Unaufhörlich weinen sie.

Viele Tränen fließen über ihre Wangen in den Teich. Der Teich füllt sich mit den Tränen und schwappt über. Die Schwestern weinen und weinen. Jetzt stehen sie bis zu den Knöcheln im Wasser und der Pegel des Teiches steigt fortwährend an. Der Hall aus den Bergen klingt Edwin in dem einen Ohr und das Brechen von den Ästen im anderen Ohr. Die Klänge wechseln in den Ohren von links nach rechts wie Gewisper um ihn herum.

Das Wispern klingt hoch und tief, wirkt einzeln an verschiedenen Plätzen platziert, bewegt sich, gleitet an Edwin vorbei und verschwindet in die Ferne.

Ein neuer Klang klingt von vorn, einer von links, wieder

einer aus einer anderen Richtung. Die Klänge breiten sich vielschichtig aus, überlagern sich, trennen sich, klingen zusammen, zerlegen sich, verhallen und mischen sich, liegen gleichbleibend in der Luft. Ein anderer Klang kommt hinzu, wird laut. Unentwegt kreischen die Schwestern im Chor, der sich melodisch formt, sich bricht, nervt, lärmt und wie ein Klangnetz den Raum stabilisiert, den eng und sehr begrenzt wirken lässt, wirr und dröhnend.

Eine Klangschleife wird schneller und saust um Edwin. Leisere Klänge, von Geschwindigkeit getrieben, mischen sich zu einem dumpfen Sausen. Jetzt ist es ruhig. Die Schwestern weinen nicht mehr. Hier im Tal hat der Herbst das viele Laub der Bäume bunt gefärbt. Das ist es, warum die Schwestern weinen.

Es ist Herbst und bald kommt wieder der Winter. Wolkenschwestern mögen den Winter nicht besonders. Das bedeutet für die Schwestern, dass sie ruhen in der kalten Jahreszeit. Die schöne Zeit des Sommers ist schnell dahingegangen, viel zu schnell. Über ihnen klingt das Dröhnen eines Helikopters.

Der Helikopter steuert direkt auf Edwin und die Schwestern zu und macht viel Krach und Wind. Die Schwestern erschrecken, verwandeln sich in kleine Fische und springen in das Wasser des Teiches. Der Helikopter landet auf der Wiese vor dem Teich. Der Pilot im Cockpit sieht toll aus. Er hat einen goldenen Anzug und rote Strümpfe an, dazu eine Sonnenbrille. Eine Tolle hat er sich ins Haar gekämmt. Der Pilot ist mit Anzug und Krawatte richtig fesch anzusehen. Er hat goldenen Glitter im Haar.

»Hallo, Pilot! Was machst du hier?«, begrüßt Edwin seinen Freund.

»Hierher, Edwin! Mit dem Helikopter fliegen wir in den

warmen Süden!«, kreischt eine der Schwestern.

Die anderen Schwestern steigen wie Nymphen aus dem Wasser und werfen ihre Besen weg. Jede der Schwestern hat eine Nuss in der Hand, die sie mit den Zähnen knacken. Aus den Nüssen nehmen sie den Dress von Stewardessen. Davon ziehen sie sich jede einen an. Nur noch schnell die Haare stylen, mit Kämmen aus Ebenholz, und sich schminken, mit rotem Schlamm aus dem Teich. Erst färben die Schwestern die Wangen, die Augen und zuletzt den Mund. Sie wollen mit dem Helikopter in den warmen Süden fliegen. Der Pilot steigt aus dem Helikopter und geht zu dem Teich.

Vorsichtig wagt er ein paar Schritte in den Teich, sinkt in den Schlamm und greift mit beiden Händen den Karpfen. Der Karpfen hat in den Augen viel Freude, dass er gerettet wird. Den Karpfen hält der Pilot wie eine Trophäe in den Händen. Über die Ellbogen des Piloten tropft schlammiges Wasser. Kleine Wellen wandern über das Wasser des Teiches. Der Körper des Karpfens ruckelt, wie ein Herz zuckt, wenn es schlägt. Der Karpfen schnappt nach Luft.

Das hört sich rein gar nicht wie ein Fisch an. Das klingt wie ein laut pochendes Herz. Das Pochen fügt sich in das Rauschen der Helikopterflügel, die unentwegt in Kreisen schwingen.

Der kleine Körper des Fisches bläht sich wallend auf und ab, im Rhythmus eines Herzens, das schlägt. Der Herzschlag des Karpfens wird so laut, als höre man ihn im eigenen Leibe klopfen. Als möchte das Herz aus dem kleinen Leibe des Karpfens brechen. Ist der Fisch beunruhigt oder in Gefahr, bist du es ebenso. Du spürst einen ängstlichen Pulsschlag in den Adern. Dem Karpfen schlägt das Herz in seinem kleinen Körper und in allem und jedem, der sich in diesem Lande bewegt. Dieser Herzschlag des Karpfens ist der Takt der Zeit im ungeborenen Land. Hält das Pochen des Herzens im Fisch inne, schlägt auch der eigene Pulsschlag nicht. Das Herz des Fisches und die anderen, sie sind, als ob sie beide dasselbe seien. Schlägt das Herz des Karpfens nicht, gibt es das ungeborene Land mit den Paluk und all den anderen nicht mehr.

Diese Geschichte wird ein Ende finden. Der Karpfen blickt verwirrt umher und sucht mit den Augen nach Halt. Hilflos schaut er mit großen Augen zu dem Piloten, zu dem Teich und zu Edwin. Der Blick des Karpfens wird ruhig. Friedlich liegt der Karpfen dem Piloten in den Händen und wartet, dass er wieder in Wasser schwimmt.

Plötzlich ist das Pochen des Herzens nicht mehr zu hören. Es ist von den Flügelschwingen des Propellers am Helikopter übertönt. Das Herz klingt einfach nicht mehr. Der Karpfen schnappt nicht mehr so aufgeregt nach Luft. Dass der Pilot den Karpfen aus dem Wasser nimmt, ist das Ende des ungeborenen Landes.

Das Herz des ungeborenen Landes wird sterben. Der Pilot gibt den Karpfen in ein rundes Glas mit Wasser. Das Glas mit dem Fisch gibt er in das Cockpit des Helikopters. Derweil der Karpfen frech vom Beifahrersitz durch das runde Glas her grinst und Luftblasen durch das Wasser wölbt.

»Na! Du darfst nur auf den Rücksitz! Ich sitze vorne, ätsch!«, prustet der Blick des Fisches.

Ein schrilles eintöniges Pfeifen klingt aus der Armatur des Cockpits wie eine Warnung, dass das Herz des Karpfens nicht mehr schlägt, und so ist es. Der Karpfen, der auf dem Beifahrersitz im Glas des Pilotensitzes schwamm, taumelt irgendwie gekippt an der Oberfläche des Wassers.

Der Pilot nimmt den verendeten Karpfen aus dem Glas und legt ihn auf das Polster des Beifahrersitzes. Das Polster saugt wie ein Schwamm die letzten Lebenskräfte aus dem Fisch, bis der wie ein weggelegtes, altes Stück Brot ungenießbar wirkt.

Dem Karpfen ist die Seele einfach weggeschlichen. Im ganzen Hubschrauber stinkt es nach Fisch.

»Wo ist sie hin, die Kraft, die in diesem Herzen pochte? Jetzt ist er hin, der Fisch. Ein Fisch weniger! Das musste jetzt leider sein!«, sagt der Pilot erleichtert.

Er reibt sich die Hände, froh darum, dass die Arbeit erledigt ist.

»Dem Teich hat jemand den Stöpsel herausgezogen!«, ruft Edwin.

Strudelartig schlürft es dem Teich das ganze Wasser weg, in einem enormen Sog nach unten, nach irgendwohin, keine Ahnung wohin, einfach weg. Das Wasser fließt weg in einen kosmischen Gully. Fewlas Tiger steht plötzlich am Teich und will die letzten Schlucke Wasser trinken.

Doch dieser Tiger ist nicht wirklich der Tiger, der sonst Fewla begleitet. Dieser Tiger hier ist ein durchsichtiger Schimmer, der Fewlas Tiger ähnelt wie eine Erinnerung an vergangene Tage. Dieser Tiger nicht nur bloßer Gefährte seiner treuen Freundin Fewla, sondern auch sie selbst.

Fewla und ihr Tiger sind nun beide in einer Gestalt, sie sind die Mitherrscher einer übergeordneten Instanz, einer Welt den Götzen gleich, dort wo die Seele brennt. Alle kamen sie von dort in Heerscharen, die Paluk und alle sie, gleich Engeln, die gekommen waren, um zu führen, so werden sie jetzt wieder gehen. Das ist es, was die Natur von diesem Tier, dem durchsichtigen Tiger zu sein scheint. Seine Mission scheint erfüllt. Der Tiger steht am Teich. Die Augen des Tigers sind größer als je zuvor. In den Augen ist nicht das bestimmte Glitzern, wie es eine zur Jagd bereite Katze tut. Nein, die Augen strahlen in einer Kraft, die nicht in Worte zu fassen ist, die sich jedem Wortschatz entzieht und zwischen den Zeilen liegt. Als sei das, was nicht gesagt sei, das eigentlich Wichtige und nicht von dieser Welt.

Die schwarzen Pupillen in den Augen des Tigers weiten sich und zeigen je ein Tor. In diesen kleinen Toren stehen zwei Frauen, die eigentlich nur eine sind.

Es ist Fewla. Sie winkt zum Abschied, wendet sich ab, und ihr Antlitz zergeht in dem unendlich dunklen Schwarz dieser Augen, hinein in ein Etwas, das keinen Anfang und kein Ende kennt.

Wer hat diesem unscheinbaren Tiger aus trügerischem, mächtigem Schein, diesem Tier die Augen geöffnet in eine bizarre Welt, die nicht von dieser ist? Diese neue Welt zeigt nur ansatzweise das, was weiter drinnen liegt, in dem scheinbaren Paradies, weit hinter dem ungeborenen Land. Der Strudel aus dem Teich saugt den Tiger an und schlürft den in einem Sog nach unten weg.

Der Pilot kommt hinzu und greift mit ungemein viel Kraft den Tiger, entzerrt ihn der Kraft des Strudels, die ihn angepackt hat, und wirft ihn in den Kies. In dem Kies liegt leider kein Tier. Es ist, als ob jemand einen Eimer Wasser in den Kies geschüttet hätte. Im Teich ist das viele Wasser jetzt weg. Von dem Tiger ist nichts mehr zu sehen. Der Gully im Teich hat alles weggesaugt, jedes Wasser und auch den scheinbaren Tiger.

»Wohin ist es?« Die Schwestern kreischen hysterisch und klagen um das Wasser.

»Das Herz des ungeborenen Landes erlischt! Wieso hast du dem Teich das Wasser weggenommen?«, ärgert sich Edwin.

»Um den Karpfen herauszuholen. Es ist Herbst, und im

Herbst holt man die Karpfen aus dem Teich. Morgen regnet es wieder und der Teich füllt sich schnell mit Wasser neu«, meint der Pilot gelassen.

»Das war Fewlas Tiger! Wieso hast du ihn weggenommen und den Karpfen auch?« Edwin schreit entsetzlich laut.

»Den Fisch will ich essen! Was ist so schlimm, ihn zu fangen? Heute Fisch, morgen wieder Fisch! Was soll's! Nicht unweit von hier sind viele Teiche mit Fischen. Wenn du willst, bringe ich dir einen neuen Fisch«, meint der Pilot bedächtig.

»Einen neuen Fisch! Diesen Karpfen gab es nur ein einziges Mal! Nur dieser war der Karpfen des ungeborenen Landes! Wo geht sie hin, diese verborgene Welt, in der wir sind? Werde ich mit ihnen gehen müssen? Wo wird das ungeborene Land bleiben? Du weißt, dies wird das Ende sein, stirbt der Karpfen! Sie werden gehen müssen, die Wichte, Barlow, die Schwestern und all die Tiere, samt den Füchsen. Warum tust du das?« Edwin ist verzweifelt.

»Ach, ich weiß, du hast Recht! Ich möchte gerne König sein, drüben in der Welt, aus der du stammst. Bringe ich den Fisch dorthin, haben sie mir versprochen, werde ich König sein. Ich werde den roten Mantel mit goldenem Revers kriegen und sie werden mir eine goldene Krone aufsetzen. Ich werde König sein!«, spricht der Pilot, mit eitlem Haupt.

»König sein? Ein Narr wirst du werden, ein Schalk um Gottes Gnaden und sonst nichts auf dieser Welt! Statt Stolz und Prunk wirst du Hohn und Schmach beseelen! Sie werden dich tanzen lassen, bis dir die Füße glimmen, und sie werden dich schlafen legen! Anstatt goldenen Knöpfen am Revers wirst du goldene Glöckchen an den Knöcheln tragen und lachhaft durch die Gegend rennen wie ein geköpfter Hahn. Das wirst du sehen und du wirst um Gnade flehen und um jeden Ulk und jeden dunklen Abend betteln, dass du schlafen kannst! Du wirst dich sehnen nach hier, zurück zu mir!«, meint Edwin voller Eigensinn.

Edwin geht zum Piloten hin und sieht in sein Gesicht.

»Nun weiß ich, wer du bist. Du bist nicht einer aus der anderen Welt. Du bist es, der sie innehat, permanent, die Gier. Aus dir strömen Hass und Argwohn, wie Barlow einst sie geheißen hat, die Macht der dunklen Nacht. Nein, sie selbst, das bist du nicht. Du bist ihr Untertan, ihr heimlicher Gefährte.

Du bist der Nachtwächter! Was treibt dich um, dass du aus Stolz und Begierde uns alle hier dem Sein entreißt? Bist du ein Nimmersatt, oder sind es Wut und Angst, die dich treiben? Frönst du dem Neid, um jede Eitelkeit? Suchst du das, was sie haben und du nicht? Wozu?«, fragt Edwin und schüttelt verständnislos den Kopf.

»Du hast Recht, ich bin es. Wundert dich das? Wusstest du nicht, dass es jemand gibt, der diese Welt verrät, oder meintest du, das hier ginge ewig so weiter? Beeile dich, wir müssen los! Setz dich in den Helikopter und ich bringe euch, die ihr hier bei mir seid, nach drüben, in dein altes Land zurück.« Der Pilot sitzt startklar im Helikopter.

Die Schwestern drängeln in den Helikopter. Auch Edwin hat im Helikopter einen Platz gefunden. Der Pilot drückt ein paar Knöpfe, der Propeller schwingt und der Helikopter hebt ab. Im Helikopter blickt Edwin durch ein kleines Fenster und sieht unten das ungeborene Land. Sie fliegen erst durch Regen und dann durch unwegsames Gebirge. Was Edwin außen sieht, ist eine düstere Wolke, die lautlos über dem Teich schwebt. Nach und nach wird selbst diese seltene Wolke vom Sog des Teiches angesogen. Das, was in der Wolke zu sehen ist, ist trüb, aber mit viel Leben. Die Wolke, die sich im fahlen Dunst der Morgensonne spiegelt, ist die Ebene, und sie folgt ihnen nicht. In der Ebene sind sie alle zu sehen, die Wichte, der Mondelch und das Treiben im ungeborenen Land, wie es war mit den Füchsen und den Tieren, mit Endalia und dem Drachen.

All das Tun in diesem großen Bild ordnet sich im Kreise und dreht ganz langsam gegen den Uhrzeigersinn. Der Sog aus dem Teich saugt erst die Farben aus dem Bild, den Füchsen die Kraft aus den Gelenken und nach und nach dem Mondelch seine schönen blauen Punkte weg. Und auch Endalia mit ihrem Drachen ist nicht mehr zu sehen. Bis nichts mehr ist als unscheinbare Umrisse von kleinen Wesen und kleinen Schatten. Selbst die sind plötzlich weg.

Mit einem letzten schlürfenden Geräusch sind Sog und Ebene wie eins und just verschwunden. Ist es wahr, was er sieht? Das ungeborene Land ist weg? Auf dem Beifahrersitz, nach vorne hin, oh je, der Karpfen ist fort und das Fenster im Cockpit leicht geöffnet.

»Hast du den Fisch aus dem Fenster geworfen?« Edwin kann das kaum glauben.

»Na klar! Meinst du, ich will im neuen Land mit einem Kadaver landen?«, meint der Nachtwächter arglos.

Endlich landet der Helikopter auf der grünen Wiese vor dem Wald, wo Edwin seinem Freund Fibus das erste Mal begegnet ist. Edwin steigt aus dem Helikopter und rennt voller Freude zu der Hütte seiner Oma. Seine Ziegen laufen ihm entgegen. Der Helikopter hebt ab, die Stewardessen winken Edwin ein letztes Mal aus dem Cockpit zu.

»Macht es gut!«, ruft Edwin heiter.

Der Helikopter steigt wieder in die Lüfte und verschwindet hinter den Wolken. Die Stewardessen sind im Helikopter geblieben. Sie wollen nie wieder zurück in das ungeborene Land. Stattdessen wollen sie als Animierdamen in Miami Beach arbeiten. Unten auf der grünen Wiese ist die Luft sehr frisch und macht wach. Zu Hause erzählt Edwin seiner Oma von den Abenteuern mit den Füchsen, den Wichten, Endalia, dem Drachen und von Fewla, Krypta, ihren Schwestern, Barlow, dem Nachtwächter und von Fibus. Die Oma mag Edwin nicht so recht glauben.

»Woher hast du das gelbe Tuch? Hast du es gefunden?«, fragt die Oma verdutzt.

»Nein, der Fuchs hat es mir geschenkt!« Edwin stapft verärgert auf den Boden.

»Der Fuchs? Bist du krank, mein Kind? Lege dich hin und ruhe dich aus! Später wollen wir wieder reden«, sagt die Oma besorgt.

»Ich bin nicht krank!«, hüstelt Edwin unverstanden.

Sie sitzen in der Stube und kochen am Holzofen ein Kartoffelsüppchen. Edwin guckt sehnsüchtig aus dem Fenster. Vielleicht sind draußen seine Freunde? Eigentlich glaubt er nicht wirklich, dass es so ist. Draußen vor der Hütte tut sich ein wenig Regen auf. Einzelne Regentropfen fallen an die Fensterscheiben der Küche, bündeln sich zu einem, und der fließt die Scheibe hinab. Die Suppe am Herd gibt viel Dunst ab, dass die Scheibe des Küchenfensters mit Dampf bedeckt ist.

»Fewla schaut zu uns herein!« Edwin malt ein grinsendes Gesicht an die Scheibe.

»Lass jetzt diesen Quatsch! Hilf mir lieber die Kartoffeln schneiden!«, tadelt die Oma.

Edwin sieht etwas vom Himmel herabfallen. Er rennt nach draußen.

»Igitt! In der Wiese liegt ein lebloser Fisch! Ist das der Karpfen aus dem Teich?« Edwin geht nach drinnen.

Den Fisch lässt er liegen, wo er ist. Die Oma will raus in den Schuppen, um Schürholz zu holen. Draußen ist es etwas windig. Sie geht gegen den Wind an. Der Wind fegt ihr buntes Kopftuch vom Kopf. Das Tuch gleitet leise, mit sich öffnenden und schließenden Bewegungen, durch die Silhouette schwarzer Sturmwolken. Der Himmel verdunkelt sich zunehmend und der Wind wird stärker. Bei dem Schürholz liegen fünf Goldmünzen.

»Was sind das für Münzen?«, wundert sich die Oma.

Vor ihrer Hütte vergräbt Oma das Gold. In der Hütte holt sie eine gläserne Vase aus dem Küchenschrank. Die Vase füllt sie mit Wasser und stellt sie auf den Tisch. Sie geht in den Garten und pflückt ein paar Blumen, die sie in die Vase gibt.

Edwin kramt aus seiner Hosentasche seinen Glücksbringer, den Splitter eines Sternes. Er geht nach drinnen in die Küche, wo die Oma ist.

»Weißt du, was das ist? Kannst du in dem Stein etwas erkennen?« Edwin zeigt der Oma den edlen Stein.

»Nein, ich kann nicht gut sehen. Wo ist nur meine Brille?« Oma holt aus einer Schublade ihre Brille.

Sie schaut sich den Stein genau an.

»Ich sehe nichts!«, spricht die Oma.

Sie legt den Kopf etwas zur Seite und gibt Edwin den Stein zurück. Edwin nimmt seinen Glücksbringer und steckt ihn in seine Tasche. Er geht nach draußen zu dem Schuppen, um nachzusehen, wo der Fisch ist. Von dem toten Fisch ist bis auf eine Gräte nichts mehr übrig. Eine Katze hat sich den ollen Karpfen schmecken lassen. Die dicke Katze wackelt mit dickem Bauch zu der Oma in die Küche. Oben am Anger steht ein heller Knabe, der leuchtet. Auch das Pferd, das bei ihm steht, leuchtet in hellem, weißem Licht. Am

Himmel glänzt die Sonne in Kreisen und bunten Farben. Edwin, der bei dem Schuppen steht, will den Jungen rufen, der hört ihn nicht. Der Junge oben am Anger steigt auf das Pferd und galoppiert auf dem Pferd sitzend mit einer großen Wucht direkt in eine Wolke am Himmel wie in ein Bad aus Schaum.

Die Gestalten aus dem ungeborenen Land sind gegangen, keiner ist mehr da. Auch die Macht der dunklen Nacht ist wie vom Erdboden verschluckt. Edwin fasst den Stein in seiner Hand. Der Stein wird warm. Das Einzige, was er von dem Drüben noch hat, ist dieser Stein. Ein Stein, in dem die Wahrheit liegt. Jedenfalls wird Edwin die Abenteuer mit Fibus und seinen Freunden so schnell nicht vergessen. Manchmal wünscht er sich wieder hin zu Fibus, den Wichten und all den anderen. Oft treibt er die Ziegen an die Wiese vor dem Wald und sieht an den Felsen, wo er Fibus das erste Mal traf.

Nie wieder hat es so schlimm geregnet wie einst im ungeborenen Land. Nur ein einziges Mal ist Edwin vor dem Wald wieder ein leuchtendes, kleines Feuerchen erschienen. Es war Barlows Licht, das ihm aus seiner Mütze ständig davongesaust war.

Das Licht blieb nicht, ist schnell über den nächsten Hügel gerollt und hat einen bunten Schweif aus Funken hinter sich hergezogen. Edwin greift aus seiner Tasche ein paar der Beeren vom Baum der Ahnen, die hält er in der Hand. Er schält eine der Früchte und setzt den Kern in die Erde. Jahre später ist an dieser Stelle ein kleiner Baum gewachsen.

Die Autorin

Katharina Reger, 1972 geboren, wuchs in Süddeutschland auf. Bereits in ihrem Studium der freien Malerei in Nürnberg hat sie angefangen Kurzgeschichten zu schreiben.
Nach dem Winter ist ihr erster Roman.